Amelie Murmann

HERZ über KLICK

CARLSEN CLIPS

Außerdem in der Reihe Carlsen Clips:

Auf dich abgesehen
Aufs Ganze gehen
Egal, was morgen ist
Ich weiß alles über dich
Likes sind dein Leben
Totalabsturz
Weil ich so bin

FSC www.fsc.org
MIX
Papier aus verantwortungsvollen Quellen
FSC® C083411

Originalausgabe
Veröffentlicht im Carlsen Verlag
Februar 2017

Umschlagabbildung: shutterstock.com © Juergen Faelche
Umschlaggestaltung: formlabor
Corporate Design Taschenbuch: bell étage
Gesetzt aus der Garamond Three LT
ISBN 978-3-551-31568-7

KAPITEL 1

Aus dem Augenwinkel beobachtete ich, wie das kleine, blaue Lämpchen an meinem Smartphone munter vor sich hin blinkte: ein klares Zeichen dafür, dass eine WhatsApp-Nachricht auf mich wartete.

Mein Blick glitt hinüber zu meiner Mutter.

Die war gerade damit beschäftigt, ihrem Freund Udo Kartoffelbrei vom Kinn zu wischen. Ich verdrehte die Augen und rutschte auf meinem Stuhl herum.

Verliebte Mütter sind der blanke Horror. Und meine Mutter ist so gut wie immer verliebt – ob nun in irgendeinen Kerl, in die Vase, die sie bei IKEA gekauft hat, oder in ihre neue Frisur.

Jedes Mal verwandelt sie sich in ein Bündel aus übersprühender Liebe.

Leider erweisen sich die meisten Kerle, die sie anschleppt, als Idioten, die Vase ist hässlich ohne Ende und die neue Frisur besteht aus furchtbaren

Extensions, die aussehen, als seien sie aus Plastik.

„Caro, hör auf so herumzuzappeln und iss endlich was!“ Meine Mutter schaute mich bei diesen Worten nicht an, weil sie immer noch mit Udos Kinn beschäftigt war.

„Mir ist der Appetit vergangen“, murmelte ich. Wieder schielte ich auf das blinkende Lämpchen. Dann strich ich schnell über den Bildschirm, um wenigstens herauszufinden, wer mir da schrieb. Es überraschte mich nicht, dass es meine beste Freundin Mariella war. Genauso wenig, dass die Nachricht nur aus Emojis bestand: drei Smileys, die vor lauter Lachen weinten, einmal der Affe, der sich die Hände vors Gesicht hielt, und ganze zehn rote Herzen.

Es heißt zwar, dass ein Bild mehr sagt als tausend Worte, aber da diese Bilder von Mariella kamen, konnten sie fast alles bedeuten. Zum Beispiel, dass sie zu Mittag Pizza gegessen hatte – was sehr häufig passierte, weil ihre Eltern ein italienisches Restaurant besaßen. Oder dass sie im Park ein Eichhörnchen gesehen hatte. Oder dass …

Mariella: OH. MEIN. GOTT. MARK IST IN DER STADT!!!!!!!!

Ich seufzte. Mark war einer der Hauptgründe für Mariellas regelmäßige Emoticon-Ausbrüche. Er nannte sich Markinator13 und war einer der beliebtesten YouTuber Deutschlands.
Und Mariella war besessen von ihm.

Caro: Mark wohnt ja auch hier in Essen. Er ist also so gut wie jeden Tag in der Stadt.

Mariella: In der INNENstadt! Er sucht jemanden für ein neues Video.

Auf diese Nachricht folgte eine weitere Bilder-Bombe. Jetzt waren es lauter tanzende Frauen und kleine, von Konfetti umringte Partyhütchen.

Caro: Das ist super! Vielleicht hast du ja Glück!

Mariella hatte vor wenigen Monaten selbst einen YouTube-Kanal gestartet und ihre Fangemeinde wuchs Tag für Tag. Mich wunderte das nicht, denn Mariella war ein total lebensfroher Mensch. Von ihren Videos bekam man immer gute Laune, egal ob sie sich beim Schminken filmte, etwas über den neuesten Kinofilm sagte oder Fragen von Zuschauern beantwortete.

Mariella: Jaaa!!! --- Du musst mitkommen!

Ich dachte an die drei Matheübungen, die auf meinem Schreibtisch warteten, und verzog das Gesicht.

Caro: Kann nicht. Du weißt doch, dass nächste Woche die letzte Mathearbeit ist. Ich muss den Mist bestehen.

Mariella: Baaah, Mathe. Warum willst du Mathe lernen, wenn du stattdessen Mark kennenlernen kannst?

Caro: Ich brauche das für die Quali, Mariella.

Mariella: Und ich brauche DICH. Bitte bitte? Es sind doch nur ein paar Stunden.

Bei dem traurigen Smiley hinter ihrer Nachricht zog sich mein Magen zusammen. Ich konnte Mariella nur schwer etwas abschlagen. Aber ich wusste, dass ich dringend lernen musste, wenn ich die Qualifikation für die Oberstufe schaffen wollte. Sonst würde ich enden wie meine Mutter: Kaum hatte sie die Schule hinter sich, war sie mit mir schwanger geworden. Darum hatte sie auch ihre Ausbildung abgebrochen. Stattdessen hängte sie sich immer wieder an Typen, die zwar die Miete bezahlten, sie aber mies behandelten. Nein, so würde mein Leben nicht laufen. Ich würde verdammt noch mal Abi machen und mein eigenes Geld verdienen.

Das, was die meisten Leute unter Liebe verstanden, war ja schön und gut. Doch wenn dieses Gefühl nachließ, was blieb dann zurück? Nichts als Chaos!

„Caroline, wir haben doch über das Handy geredet, nicht wahr?" Das war Udo.

Ich blickte vom Display hoch in sein Gesicht. Vorwurfsvoll deutete er auf mein Smartphone, das weiter wild vor sich hin blinkte.

„Ich bin eh fertig mit essen", sagte ich schnell. Statt mir zu antworten, sah Udo zu meiner Mutter. Die kaute auf ihrer Lippe herum und überlegte offenbar, auf wessen Seite sie sich stellen sollte.

Ich wusste die Antwort, bevor sie den Mund aufmachte.

„Caroline, bitte leg das Handy weg und iss zumindest Kartoffelpüree. Es schmeckt wirklich lecker und Udo hat sich solche Mühe gegeben."

Ihre Augen flehten mich an jetzt nichts Falsches zu sagen.
Wütend sah ich auf meinen Teller. Die beiden Wurststückchen in der Mitte der schleimigen Pampe waren wie Augen. Sie starrten mich genauso vorwurfsvoll an wie die von Udo.
Ich warf meiner Mutter einen leidenden Blick zu, bevor ich das Essen auf meine Gabel schaufelte. Als die klebrige Masse meinen Rachen erreichte, musste ich fast würgen. Ich hasse Kartoffelpüree.
Meine Mutter weiß das, aber Udo natürlich nicht.
Der beobachtete mich, als erwarte er Freudenschreie.
„Mhh, lecker", konnte ich mir gerade so abringen.
„Wer schreibt dir denn überhaupt so Wichtiges?", fragte meine Mutter, um mich von Udo abzulenken.
„Mariella. Markinator ist in der Stadt und sie will unbedingt hin."
Die Augen meiner Mutter strahlten. „Das ist ja wundervoll! Soll ich euch bringen?"
„Ich gehe nicht mit. Ich muss noch lernen."
Meine Mutter legte mir die Hand auf den Arm.

„Schätzchen, du kannst doch nicht immer nur hier drinnen hocken! Du musst auch mal raus und was erleben!“
„Vier Tage vor einer der wichtigsten Arbeiten meiner gesamten Schulzeit?“
Meine Mutter verdrehte die Augen. „Jetzt übertreibst du aber, meinst du nicht? Es sind doch nur ein paar Stunden.“
Ich wollte zu einer Antwort ansetzen, da räusperte sich Udo geräuschvoll. „Kordula, man kann gar nicht zu viel lernen. Caroline ist gerade in einer sehr wichtigen Phase. Timo hat sich damals auch keine freie Minute gegönnt.“
Ich verzog das Gesicht. Timo war Udos Sohn. Er war fünf Jahre älter als ich und studierte Maschinenbau.
Seit Udo vor ein paar Monaten bei uns eingezogen war, hatte ich einen regelrechten Hass auf Timo entwickelt. Dabei hatte ich ihn noch nicht einmal kennengelernt. Aber so wie Udo ihn ständig lobte, hatte Timo als Schüler offensichtlich *immer* sein Zimmer aufgeräumt, den Müll rausgebracht, die Spülmaschine geleert, die Wäsche aufgehängt, Hausaufgaben gemacht und vermutlich nebenbei noch die Welt gerettet. Ich dagegen lief nach Udos Meinung „mit dem

Handy vor der Nase“ durch die Welt, statt meine Aufgaben im Haushalt zu erledigen. Dass meine Mutter und ich es ganz gern ein bisschen weniger ordentlich hatten als er, schien Udo dabei völlig auszublenden.
Außerdem war es sehr schwer, sich von seinem Handy loszureißen, wenn man eine beste Freundin hatte, die einen ständig mit Nachrichten bombardierte.
Als hätte Mariella gespürt, dass ich an sie dachte, begann das Lämpchen erneut zu blinken.
Ein Blick in die Runde sagte mir, dass Udo und meine Mutter mittlerweile mit dem Essen fertig waren. Also zog ich das Handy wieder zu mir heran und las die Nachricht.

Mariella: Komm schon, Caro, lass mich nicht hängen! Wenn das klappt, dann könnte es der wichtigste Tag meines Lebens werden!

„Du solltest gehen“, sagte meine Mutter im gleichen Moment, fast als hätte sie Mariellas Nachricht gelesen. „Du nimmst das mit der Schule viel zu ernst. Es gibt noch andere wichtige Dinge im Leben.“
Ich schnaubte. Dass *sie* das sagte, war ja klar.

Bevor ich antworten konnte, mischte sich Udo erneut ins Gespräch ein. „Lass Caro doch in Ruhe lernen. Es ist doch super, dass sie Abitur machen will."
Er lächelte mich auf diese väterliche Art an, die ich hasse.
Die meisten Freunde meiner Mutter hatten mich nicht beachtet. Sie rechneten einfach nicht damit, so lange mit ihr zusammen zu sein, dass ich wichtig werden könnte. Ein paar waren ganz nett gewesen, aber mit denen hatte meine Mutter schnell Schluss gemacht.
Am schlimmsten fand ich die Sorte wie Udo. Diejenigen, die vorhatten meine Mutter irgendwann zu heiraten und die glaubten, dass sie deswegen für mich den Vater spielen mussten.
„Außerdem bleiben einem die Freunde, die man in der Schule hat, ohnehin nicht erhalten", fuhr Udo fort. „Ich weiß nicht, wann ich zum letzten Mal mit jemandem von damals gesprochen habe."
Unter dem Tisch ballte ich die Hände zu Fäusten.
Ich kannte Mariella, seit ich vier Jahre war. Damit war sie neben meiner Mutter der einzige Mensch, der schon so lange zu meinem Leben

gehörte. Mein Vater hatte uns verlassen, als ich zwei war. Und meine Mutter hatte zu ihren Eltern keinen Kontakt mehr. Mariella war also nicht nur irgendeine Freundin. Sie war Teil meiner Familie. Jedenfalls deutlich mehr als Udo.

„Ich hab's mir anders überlegt", sagte ich, schnappte mein Handy und stand vom Tisch auf. „Ich werde doch gehen."

KAPITEL 2

Mariella Guerra war schon immer meine beste Freundin.

Sie war es, die mich jeden Tag besuchte, als ich mit entzündetem Blinddarm im Krankenhaus lag. Sie war es, die mich verteidigte, als Michael Birkmann in der fünften Klasse behauptete, ich hätte sein Handy geklaut. Und bei ihr fand ich Zuflucht, wenn die Beziehung meiner Mutter mal wieder in die Brüche ging und es zu Hause unerträglich wurde.

Während ich auf der Straße stand und zusah, wie Mariella sich mit einer Umarmung von ihrer Mutter verabschiedete, versuchte ich die Eifersucht zu unterdrücken, die in mir aufstieg. In Momenten wie diesen fragte ich mich, wie es wohl wäre, eine richtige Familie zu haben. Die Guerras waren seit dreißig Jahren verheiratet und Mariella war das jüngste von vier Kindern. Bei ihnen zu Hause duftete es stets nach selbst gekochtem Essen und bereits im Flur hörte man ihr aufgeregtes Geplauder, eine Mischung aus Italienisch und Deutsch.

Mariella sagte zwar immer, dass ich für sie alle ein Teil der Familie war. Aber ich hatte trotzdem manchmal das Gefühl, von außen in eine Welt zu blicken, die mir verschlossen blieb.

„Caro, *mia cara*!", rief Mariellas Mutter, als sie mich entdeckte. „Hast du Hunger? Wir haben noch etwas –"

„Mamma!" Mariella verdrehte die Augen. „Wir müssen los, sonst kommen wir zu spät!"

Sie gab ihrer Mutter einen Kuss, bevor sie mit wippender Lockenmähne auf mich zugelaufen kam.

„Ist heute nicht ein wundervoller Tag?"

Strahlend blieb sie neben mir stehen und wühlte in ihrem Rucksack. Als sie kurz darauf die Kamera hervorzog, seufzte ich.

„Mariella, du weißt, dass ich es nicht mag, gefilmt zu werden, ja? Ich dachte eigentlich, dass sich das mittlerweile in dein Hirn eingebrannt hat. Schließlich habe ich es nur etwa hundertmal erwähnt."

„Die Fans lieben dich. Also zieh nicht so einen Schmollmund, sondern schenk mir ein Lächeln!"

Beim letzten Wort richtete sie die Linse auf mich. „Und da ist sie auch schon! Meine beste Freundin: Carabelle, die Einzigartige!“

„Hallo, liebe Zuschauer“, sagte ich in die Kamera. „Hier ist die einzigartige Carabelle, auch Caro genannt, die euch jetzt einen magischen Trick vorführt: Sie verschwindet aus diesem Video.“ Mit geheimnisvollem Blick wedelte ich vor der Linse herum. Dann drückte ich mit einem „Simsalabim“ den kleinen, roten Kreis und beendete damit die Aufnahme.

Mariella verzog gespielt verärgert das Gesicht. „Es ist eine Schande, liebe Caro, dass du dich so gegen einen eigenen YouTube-Kanal sträubst. Du hast das perfekte Gesicht dafür.“

Ich sah zu, wie sie die Kamera nun auf sich selbst richtete und die Einstellungen anpasste, damit das Licht gut fiel.

Ein Lächeln schlich sich auf meine Lippen. Mariella war im Vergleich zu mir wie geschaffen für YouTube.

Sie hatte eine offene, herzliche Art und braune Augen, die funkelten, wenn sie mit ihren Zuschauern sprach. Und sie hatte ein Talent dafür, immer die richtigen Worte zu finden. Kein Wunder, dass sie schon nach wenigen

Monaten an der 10.000-Abonnenten-Marke kratzte.
Ich dagegen fühlte mich unwohl, sobald ich versuchte mit Menschen zu reden, die gar nicht da waren.
„Leute!“ Mariella filmte sich jetzt im Gehen. „Wir sind gerade unterwegs zum Casting von Markinator, dem absolut besten und lustigsten YouTuber überhaupt! Jeder, der etwas anderes behauptet, lügt.“
„Oder lässt sich nicht bloß von seinem guten Aussehen blenden“, murmelte ich.
Markinator sah mit seinen kohlschwarzen Haaren und dem Zahnpasta-Lächeln umwerfend aus. Seine Videos jedoch waren alles andere als beeindruckend. Zumindest fand ich das.
Aber ich wusste, dass Mariella mir da niemals zustimmen würde. Da müsste schon mindestens die Welt untergehen.
„Habt ihr das gehört? Meine beste Freundin hat keine Ahnung von guter Unterhaltung.“ Mariella zeigte mit dem Daumen auf mich, während sie den Kopf schüttelte. „Wir müssen das Caro verzeihen. Es ist nicht so, dass sie Mark nicht leiden kann. Sie hat einfach generell etwas gegen YouTuber.“

„Das stimmt nicht!“, protestierte ich.
„Ach wirklich? Dann nenn mir einen, den du gerne schaust!“
„LifeofaButterkeks.“ Ich grinste in die Kamera. Das war nämlich Mariellas Name auf YouTube: *Das Leben eines Butterkeks*. „Wobei der Kanal eigentlich *DeathofaButterkeks* heißen müsste: *Tod eines Butterkeks.* Du bist schließlich die größte Keks-Massenmörderin, die ich kenne.“
Den letzten Satz ignorierte Mariella einfach. „Das ist wahre Freundschaft, Leute!“, rief sie und drückte mich mit einem Arm an sich. „Sie hasst YouTube und schaut trotzdem jedes Video von mir.“
„Wahre Freundschaft ist, wenn man sich zum Casting von einem bekloppten Typen für ein vermutlich genauso bekloopptes Video mitschleifen lässt. Obwohl man Wichtigeres zu tun hat.“
Mariella verdrehte die Augen und nahm die Kamera herunter.
Wir bogen langsam in die Straße ein, in der unsere S-Bahn-Station lag. Die nächste Bahn kam ohnehin erst in zehn Minuten.
Mariella verstaute die Kamera in ihrer Tasche. Beim Bahnfahren hielt sie sie nie in der Hand,

weil sie Angst hatte, dass man sie ihr klaute. Mariellas gesamte Ersparnisse waren für das Teil draufgegangen, darum war sie immer besonders vorsichtig damit.
Schließlich sagte sie zu mir: „Du nimmst das mit der Mathearbeit viel zu ernst. Die Hausaufgaben hast du doch ohne Probleme gelöst. Warum stresst du dich immer so, wenn es um Prüfungen geht?“
„Bei Hausaufgaben ist es egal, wenn ich was falsch mache. Aber in der Arbeit ...“
Mariella hob eine Augenbraue und ich gab auf. Der Versuch, es ihr zu erklären, war bisher jedes Mal gescheitert. Erstens war ihr die Schule ziemlich egal, weil sie danach ohnehin im Restaurant ihrer Eltern jobben würde. Und zweitens verstand sie einfach nicht, wie es mir vor Arbeiten erging:
Wenn alles vom Tisch musste außer Papier und Stift, hatte ich sofort das Gefühl, als würde sich mein Gehirn leeren. Und das ganze Wissen, das ich mir so hart erkämpft hatte, verabschiedete sich komplett. Das Einzige, was dagegen half, war Üben. Und dieses Üben kostete Zeit.
Aber der Satz „Ich habe keine Zeit“ gehörte einfach nicht zu Mariellas Wortschatz.

Als wir die S-Bahn-Station erreichten, ließ ich mich auf eine der Metallbänke sinken. Während ich hinauf in den blauen Himmel blickte, fragte ich: „Meinst du, jemand wie Markinator muss sich noch mit Noten herumschlagen?"
„Mark ist achtzehn und mit der Schule fertig. Außerdem ist er im letzten Jahr so was von durchgestartet. Er dreht jetzt nur noch Videos. Ich glaube, Connetzing hat ihn im Herbst unter Vertrag genommen. Das ist das gleiche Netzwerk, in dem auch Doreen und Flixxxi sind. Die drei machen angeblich auch bald einen Film zusammen."
Ich zermarterte mir das Hirn, um ein Bild von Flixxxi und Doreen hervorzurufen. An Doreen erinnerte ich mich so halb: Sie war ein dunkelhaariges, sehr hübsches Mädchen, das Kosmetikprodukte in die Kamera hielt. Aber bei Flixxxi scheiterte mein Verstand.
Mariella, die mich beobachtete, begann zu lachen. „Du hast keine Ahnung, wer das ist, oder?"
„Doreen ist die, die du nicht leiden kannst, richtig? Die mit dem Nagellack?"
Mariella schnaubte. „Lidschatten. Sie hat Lidschatten entworfen. Die Fans reißen ihr das

Zeug geradezu aus der Hand. Und ich hasse sie nicht. Ich finde nur, dass sie furchtbar überbewertet wird."

Ich verkniff mir den Kommentar, dass in meinen Augen für Markinator das Gleiche galt. „Und wer ist dieser Flixxxi? Den hast du noch nie erwähnt. Macht der auch Lifestyle-Videos?"

Als „Lifestyle" bezeichnete Mariella – und der Rest der YouTube-Gemeinschaft – genau die Videos, deren Sinn ich einfach nicht kapierte: Es waren zum Beispiel „Challenges", bei denen sich die Teilnehmer so viele Marshmallows wie möglich in den Mund stopften. Oder „Follow-me-Arounds", bei denen die Zuschauer dem YouTuber den Tag über folgten (ganz ähnlich wie bei dem Video, das Mariella heute drehte). Und so etwas wie Top-10-Videos: zum Beispiel zehn Dinge, die einem auf die Nerven gehen. Oder zehn verschiedene Arten von Lehrern.

Natürlich gab es auch Videos, die ich lustig fand. Aber beim sehr großen Rest konnte ich nicht verstehen, was daran so besonders war.

„Flixxxi heißt eigentlich Felix und ist Gamer."

„Er spielt Computerspiele und macht Anleitungen dazu?" Ich kannte solche „Tutorials" vom Simsspielen.

„Genau. Oder er filmt sich einfach nur beim Spielen, damit man einen Eindruck bekommt und entscheiden kann, ob man das Spiel selbst ausprobieren möchte."
Ich überlegte einen Moment lang. „Also macht er Werbung für Computerspiele?"
Mariella sah mich an, als hätte ich etwas Beleidigendes gesagt.
„Nein", meinte sie bestimmt. „Es ist ein großer Unterschied, ob man gezielt Werbung macht oder seine ehrliche Begeisterung mit anderen teilt. Soweit ich weiß, hat Flixxxi bisher nie etwas empfohlen, das er nicht wirklich gut findet. Allerdings kenne ich mich in der Gamer-Welt nicht so aus. Eigentlich kenne ich Felix nur, weil er mit Doreen zusammen ist."
„Wie viele Abonnenten hat dieser Felix denn? Schauen sich viele Leute solche Videos an?"
Mariella grinste, während sie die Türen der Bahn ansteuerte. „Ich weiß wirklich nicht, was du ohne mich machen würdest, Caro. Dein YouTube-Wissen beschränkt sich auf ein solches Minimum, das ist einfach unglaublich."
Ich verkniff mir einen Kommentar und trat beiseite, damit die Leute aussteigen konnten. Als der Weg schließlich frei war, drehte ich mich

wieder zu ihr um. „Und was heißt das jetzt? Dass besonders viele oder besonders wenig Leute ihn abonniert haben?“

„Viele. Aktuell hat er sogar noch mehr als Markinator, nämlich knapp zwei Millionen. Doreen hat ihn allerdings überholt.“

Zwei Millionen Menschen. Das waren fast viermal so viele Leute, wie hier in Essen wohnten.

Während die Türen hinter mir zuglitten, fragte ich mich, wie es sich wohl anfühlte, wenn so viele Augen jede Bewegung beobachteten, die man auf dem Monitor tat.

KAPITEL 3

Als wir am Einkaufszentrum Limbecker Platz ankamen, wandten wir uns der großen Rasenfläche zu. Sie war vor kurzem neu gestaltet worden, um ein wenig Grün in die Stadt zu bringen. Bereits aus der Ferne sah ich die Gruppen von Menschen, die sich dort versammelt hatten. Die meisten davon waren Mädchen.

Je näher wir kamen, desto besser konnte man auch das Stimmengewirr hören. Wir blieben ein wenig abseits stehen, verstanden aber trotzdem jedes Wort.

„Ich kann nicht glauben, dass er wirklich herkommt!"

„Meinst du, dass er Felix mitbringen wird? Der ist so süß!"

„Stell dir vor, du wirst ausgewählt, und dann ist es ein Video, wo man Mark küssen darf!"

Das Mädchen, von dem der letzte Satz stammte,

fächelte sich Luft zu und machte Kussgeräusche. Ihre Freundin brach in Gelächter aus.
Ich beobachtete, wie die beiden aufgeregt die Köpfe zusammensteckten, um weiter von einem Jungen zu schwärmen, den sie noch nie in echt gesehen hatten. Ein anderes Mädchen hatte ein Shirt an, auf dem ein riesiges Herz war. Darin stand der Kanalname von diesem Felix.
Verwirrt stupste ich Mariella an, die wieder ihre Kamera auspackte. „Ich dachte, dieser Flixxxi macht nur Gaming-Videos?"
Mariella folgte meinem Blick und ein Grinsen breitete sich auf ihrem Gesicht aus. „Felix ist oft in Doreens Videos zu sehen. Seither stehen viele von ihren Fans auf ihn."
Ich schüttelte den Kopf. „Wie kann man sich in jemanden verlieben, dem man nie begegnet ist?"
Schon wieder lachte Mariella. „Ach Caro, du verstehst doch nicht einmal, wie man sich *überhaupt* verlieben kann. ‚Liebe ist nichts weiter als eine Erfindung von verbitterten Hausfrauen und hormongesteuerten Zwölfjährigen.' Oder wie hast du das ausgedrückt?"
„Also *so* ganz bestimmt nicht. Wenn ich mich recht entsinne, habe ich nur gesagt, dass ich nicht daran glaube, dass es Liebe gibt. Jedenfalls

nicht die einzig wahre Liebe. Es gibt Beziehungen, ja, und manche Menschen bleiben dabei eben treu und andere nicht. Mit der großen Liebe hat das nichts zu tun."

Mariella grinste noch immer, während sie zu den beiden Mädchen hinübersah, die sich weiter über Markinator unterhielten.

Dann fragte sie: „Glaubst du wirklich nicht, dass man jemanden lieben kann? Ich meine, wir lieben uns doch auch, als beste Freundinnen! Romantische Liebe ist gar nicht so viel anders. Nur dass sie tiefer geht, einen manchmal sogar verändert."

Eigentlich hätte ich gern geantwortet, dass ich mir nicht vorstellen konnte für einen Jungen jemals so viel zu empfinden wie für Mariella – romantische Liebe hin oder her. Und verändern wollte ich mich schon mal gar nicht.

Aber ich sagte nur: „Selbst wenn das so ist … Man kann doch keinen lieben, bloß weil man ihn in ein paar Videos gesehen hat."

„Lieben vielleicht nicht. Aber in ihn verliebt sein." Sie schaute mich ernst an. „Auch wenn das für dich absurd klingt, heißt das nicht, dass es nicht stimmt. Liebe ist ein Gefühl und das kann man eben nicht immer erklären."

Nach diesen Worten wandte Mariella ihre Aufmerksamkeit wieder der Kamera zu. Sie filmte die Menge und erklärte, dass alle hier darauf hofften, eine Rolle in Markinators Video zu ergattern.

„Ich wäre ja auch gern dabei. Aber selbst wenn nicht, dann werde ich Mark heute zum ersten Mal live sehen, Leute! Wie cool ist das bitte? Ich meine, ich verfolge seine Videos jetzt schon seit mehr als einem Jahr. Ich kenne seine Familie und seine besten Freunde. Ich weiß, was er gern zum Frühstück isst und dass er ein Star-Wars-Fan ist. Und nein, ich bin kein Stalker."

Ein Lächeln schlich sich auf ihre Lippen und sie schüttelte die dunklen Locken, die sich in ihr Gesicht geschoben hatten. „Okay, vielleicht ein kleines bisschen. Meine liebe Carabelle hier meint, dass Mark mir irgendwann die Polizei auf den Hals hetzen wird, wenn ich so weitermache."

Sie schwenkte die Kamera zu mir.

Ich lächelte ebenfalls in die Linse und sagte: „Oder aber er wird dich so süß finden, dass am Ende *du* diejenige bist, die den Stalker am Hals hat. Dann verfolgt er dich und hinterlässt jeden Tag ein Geschenk vor deiner Haustür. Vermutlich Butterkekse."

„Also ein Stalker, der mir Butterkekse schenkt, ist jederzeit willkommen“, meinte Mariella.
„Da habt ihr es“, erwiderte ich fröhlich, sah dabei aber nicht in die Kamera, sondern in Mariellas funkelnde Augen. Egal was ich von YouTube hielt oder davon, im Mittelpunkt zu stehen – wenn ich diesen Ausdruck in Mariellas Gesicht sah, spielte das keine Rolle. „Das ist eure Chance: LifeofaButterkeks sucht ihren ersten, offiziellen Stalker. Er sollte männlich sein – und gut aussehend natürlich.“
„Natürlich“, stimmte Mariella lachend zu.
„Außerdem darf er höchstens zwanzig sein. Es soll schließlich nicht gruselig werden. Und, wie bereits erwähnt, müsste er jeden Tag Butterkekse an die Haustür liefern.“
In Mariellas Gesicht veränderte sich etwas, als ich das sagte.
„Doch keine Butterkekse?“, fragte ich verwirrt. „Also ich finde schon, dass Kekse ein wichtiger Teil der Stalker-Bewerbung sind!“
Mariellas Augen weiteten sich noch ein Stück. Sie schüttelte mit leicht geöffnetem Mund den Kopf und deutete hinter mich.
Bevor ich mich umdrehen konnte, hörte ich eine belustigte Stimme nah an meinem Ohr.

„Können die Kekse auch nachgereicht werden?" Die Worte klangen leise und weich und jagten mir einen Schauer über den Rücken.
Als ich mich umwandte, blickte ich in die grünsten Augen, die ich je gesehen hatte. Sie gehörten einem Jungen in unserem Alter. Sein Haar war von einer tief ins Gesicht gezogenen Kapuze bedeckt. Nur ein paar dunkle, leicht gelockte Strähnen schauten darunter hervor. Seine Mundwinkel waren ein wenig nach oben gezogen. „Na, was ist? Wird die Bewerbung auch ohne Butterkekse angenommen?"
Ich blinzelte überrascht, weil mir das Gefühl, das sein Blick in mir auslöste, so fremd war.
Endlich fand ich meine Stimme wieder. „Leider nein, keine Kekse, kein Stalker-Job. Tut mir leid, aber der Arbeitsmarkt ist nun einmal hart umkämpft."
Einen Moment lang sah er mich verwundert an, aber dann vertiefte sich sein Lächeln. „Tja, da kann man wohl nichts machen. Ist vielleicht auch besser so."
Er lehnte sich zu mir herüber und hielt die Hand an den Mund, als würde er mir ein Geheimnis verraten. „Eigentlich mag ich nämlich keine Butterkekse." Als er sich wieder aufrichtete,

funkelten seine Augen. „Nichts gegen dich oder deinen Kanal.“

„Mein Kanal?“, fragte ich verwirrt, während ich merkte, wie mir mein Herzschlag in den Ohren dröhnte. Verdammt, was war nur in mich gefahren?

„Eigentlich ist das *mein* Kanal“, schaltete sich jetzt Mariella ein, die die Kamera weiter ehrfürchtig auf uns gerichtet hielt. „Möchtest du den Butterkeks-Freunden da draußen trotzdem Hallo sagen, auch wenn du selbst keine Butterkekse magst?“

Er sah von mir zu Mariella und in seinen Augen blitzte Unmut auf. Vielleicht hatte er ja etwas gegen Kameras, genau wie ich. Das machte ihn mir sofort sympathisch.

„Okay“, meinte er schließlich.

Doch dann drehte er sich erst mal um, weil die Mädchen neben uns unruhig wurden. In der Ferne tauchte eine Gestalt auf, ein Junge in Jeans und T-Shirt, dunkelhaarig und relativ klein.

„Oh mein Gott, das ist Mark!“, rief eine von ihnen und strahlte dabei bis über beide Ohren.

„Aber er ist allein“, fügte sie etwas enttäuscht hinzu.

Ich sah verwirrt zu Mariella, die gar nicht auf

Mark achtete. Stattdessen filmte sie noch immer den Typen mit der Kapuze.
Dieser drehte sich jetzt wieder zu uns und sprach in die Kamera: „Hallo, Butterkeks-Fans. Ich hoffe, dass ihr meine Abneigung gegen Butterkekse für euch behaltet. Viel Spaß noch auf dem Kanal von …“ Fragend wandte er sich an mich.
„Mariella“, half ich aus.
„Mariella. Und ihrer Freundin …?“
„Oh, das ist nicht mein Kan-“
„Caro! Sie heißt Caro!“, unterbrach Mariella mich.
„Caro“, wiederholte er langsam, als würde er den Namen austesten.
Dann legte er den Kopf schräg und betrachtete mein Gesicht. In meinem Bauch flatterte plötzlich ein ganzer Schwarm Schmetterlinge herum.
„Und wie heißt du?“, brachte ich schließlich heraus.
Seine Mundwinkel zuckten. „Du weißt das wirklich nicht, oder?“
Ich runzelte die Stirn. „Ehm, nein?! Sollte ich?“
Mariella kicherte und beobachtete uns, als seien wir die neueste Folge ihrer Lieblingsserie.

„Nein, eigentlich nicht“, meinte der Kapuzentyp und wandte sich wieder an die Kamera. „Also, viel Spaß noch auf Mariellas Kanal und denkt dran: *Immer lässig bleiben!*“ Dann zwinkerte er grinsend.
Ich verzog das Gesicht. Immer lässig bleiben?! Wer sagte denn so was? Und dann auch noch so machomäßig!
Bevor ich das jedoch anmerken konnte, machte sich der Kapuzentyp auf den Weg hinüber zu Mark. Mir blieb der Mund offen stehen, als die beiden sich mit Handschlag begrüßten.
Mariella ließ die Kamera sinken.
„Oh mein Gott“, flüsterte sie.
„Schau mal, die beiden scheinen sich zu kennen.“
Ich beobachtete, wie sich der Butterkeks-Typ die Kapuze vom Kopf zog und der Mädchengruppe zuwinkte.
„Das hier ist Gold wert“, hauchte Mariella und starrte auf ihre Kamera.
„Häh?“, machte ich, denn ich hatte keine Ahnung, was los war.
Endlich blickte sie mit einem freudigen Lächeln auf. „Flixxxi hat gerade meine Abonnenten gegrüßt!“
„Flixxxi?“ Als bei mir endlich der Groschen fiel,

wanderte mein Blick zurück zu dem Kapuzenjungen. „Das war Zwei-Millionen-Abonnenten-Felix?“
Mariella ging gar nicht auf meine Frage ein. „Und das Tollste? Er hat mit meiner besten Freundin geflirtet!“
„Eh, was?“, fragte ich bestürzt, aber Mariella ignorierte mich erneut. Sie machte sich auf in Richtung Mädchengruppe, um näher an das Geschehen heranzukommen.

KAPITEL 4

„Wir werden mit jeder von euch kurz reden und dann zwei Mädchen aussuchen, mit denen wir beim Essen noch etwas plaudern. Eine wird dann beim Videodreh mit dabei sein. Es wäre super, wenn die anderen nicht allzu traurig sind. Bestimmt ergibt sich bald wieder so eine Gelegenheit."

Mark sprach in echt viel weniger aufgesetzt als in seinen Videos. Ich fand es auch erstaunlich, wie klein er in Wirklichkeit war – nämlich nicht viel größer als Mariella. Dafür wirkte er netter als in all seinen Videos zusammen.

Mariella hatte mir erzählt, dass er öfters Videos mit unbekannten YouTubern machte. Deren Abonnenten-Zahlen schossen danach durch die Decke. Bisher waren das nur männliche YouTuber gewesen. Heute suchte Mark aber nach einem Mädchen für ein „Was Jungs nicht zu Mädchen sagen"-Video.

„Glaubst du wirklich, dass ich eine Chance habe, Caro?“ Mariella wippte unsicher von einem Fuß auf den anderen.
Währenddessen erklärte Mark, dass alle, die mitmachen wollten, sich einen der Zettel nehmen sollten, die er austeilte. Auf jedem stand eine Zahl und die würde er nach und nach durchgehen.
„Mariella, du weißt genau, dass ich die Frage nur mit Ja beantworten kann. Du bist mein Lieblingsmensch, schon vergessen?“ Ich begann den Song zu summen, den wir im letzten Jahr rauf und runter gehört hatten. „Aber ich bin da vielleicht etwas parteiisch.“
Mariella lachte, während Mark fragte, ob noch etwas unklar sei. Sofort schossen jede Menge Hände in die Höhe.
Ich sah, wie Mark seufzte, aber sein Lächeln nicht ablegte.
Dabei wurde mir klar, dass das YouTuber-Leben auch ziemlich anstrengend sein konnte. Denn wenn es bei einem Treffen wie heute Probleme gab, dann half es Mark nicht, einfach nach Hause zu gehen und sich in seinem Zimmer einzuschließen. Die meisten Fragen warteten mit Sicherheit in seinem E-Mail-Postfach auf ihn.

Ich dachte an mein eigenes Zimmer und daran, dass dort etwas ganz anderes auf mich wartete, nämlich die Polynomdivision. Ich seufzte und mein Blick wanderte in Richtung U-Bahn-Station. Wie lange das hier wohl noch dauern würde?

„Ich habe eine Frage an Felix!“, kam es plötzlich aus der Menge.

Mein Kopf ruckte herum und ich suchte nach Felix' großer Gestalt. Zu meiner Überraschung bemerkte ich, dass er mich offenbar beobachtet hatte. Er legte den Kopf schief und sah mich durchdringend an, bevor er sich dem blonden Mädchen zuwandte, das die Frage gestellt hatte.

„Geht es um das Video?“, wollte Mark sofort wissen. Während er bisher sehr geduldig gewesen war, lag jetzt Misstrauen in seiner Stimme. Er sah das Mädchen fast schon finster an. „Private Fragen werden heute nämlich nicht beantwortet.“

„Aber ich wollte nur wissen, ob er wirklich nicht mehr mit Doreen zusammen ist. Sie hat nämlich bei Facebook gepostet, dass –“

„Keine privaten Fragen“, wiederholte Mark bestimmt.

Er wollte mit seinen Ausführungen fortfahren,

als Felix ihn unterbrach. „Doreen und ich sind tatsächlich nicht mehr zusammen."
Auf diesen Satz hin ging ein Aufruhr durch die Menge. Alle begannen zu tuscheln.
Mariella stieß mir den Ellenbogen in die Seite. „Bilde ich mir das ein oder hat er gerade zu dir hergeschaut?"
Ich starrte Felix an. Seine Aufmerksamkeit galt voll und ganz dem Mädchen, das die Frage gestellt hatte.
„Ganz klar Einbildung", murmelte ich also.
„Na, jedenfalls überrascht mich das mit Doreen nicht. Es ging schon länger das Gerücht um, dass die zwei nicht mehr zusammen sind und nur wegen der Fans weiter so tun." Mariella richtete die Kamera wieder auf die beiden Jungen, die nun die Klebezettel austeilten.
„Aber warum sollten sie vorgeben, sie seien noch zusammen?", wollte ich wissen.
„Doreens Kanal ist hauptsächlich wegen Felix so nach vorn geschossen. Und Felix hat auch davon profitiert, dass Doreens Fans ihm folgen. Er hat angefangen noch andere Sachen außer Minecraft zu spielen, zum Beispiel Handy-Apps. Ich kann mir vorstellen, dass eine Trennung ihren Kanälen nicht unbedingt guttut."

„Sie haben also weiterhin Videos zusammen gedreht? Haben so getan, als wären sie ein Paar?"
Ich verzog das Gesicht. Wie verzweifelt musste man sein, um fremden Menschen im Internet eine Beziehung vorzuspielen, wo keine war?
„Es sind ja nur Gerüchte, Caro", antwortete Mariella. „Nichts davon muss stimmen. Außerdem ist es nicht so, als hätten sie sich in den letzten Videos verliebt angeschaut oder gar geküsst. Das ist ja der Grund, warum es diese Gerüchte überhaupt gibt."
Nachdenklich legte sie den Kopf schief.
„Vielleicht ging es auch gar nicht um Klicks und Abonnenten. Gut möglich, dass sie sich einfach nur ganz sicher sein wollten, dass die Trennung endgültig ist, bevor sie es offiziell machen. Angelina Jolie und Brad Pitt würden mit so einer Nachricht ja auch nicht an die Öffentlichkeit gehen, wenn sie sich nicht sicher wären, dass sie auf keinen Fall wieder zusammenkommen."
„Willst du damit sagen, Felix da drüben ist der Brad Pitt der deutschen YouTube-Szene?" Ich zog eine Augenbraue hoch, doch Mariella lachte nur.
„So in etwa", sagte sie.

Ich beobachtete Mark, wie er sich seinen Weg durch die Grüppchen von Mädchen bahnte. Felix war etwas abseits stehen geblieben und holte sein Handy hervor. Was auch immer er auf dem Bildschirm sah, schien ihn nicht zu begeistern, denn er machte eine finstere Miene.
Keine Ahnung, was mich dazu brachte, aber plötzlich setzten sich meine Beine in Bewegung. Mariella rief mit leicht verwirrtem Tonfall meinen Namen, aber ich drehte mich nicht zu ihr um. Stattdessen steuerte ich auf den Brad Pitt der deutschen YouTube-Szene zu.

KAPITEL 5

„Hast du echt so getan, als wärst du mit Doreen zusammen, obwohl das nicht stimmt?“, fragte ich geradeheraus.

Felix hob den Blick von seinem Smartphone. Jetzt, wo er die Kapuze heruntergezogen hatte, sah ich, dass seine Haare tatsächlich ein wenig gelockt waren. Seine grünen Augen wirkten leicht schockiert, aber auch belustigt.

„Ich dachte, du weißt nicht, wer ich bin“, sagte er nach einer kurzen Pause.

„Wusste ich auch nicht. Mariella hat mich eingeweiht. Also: Stimmt es? Und wenn ja … Was zur Hölle bringt einen Menschen zu so einer dämlichen Aktion?“ Hoppla. Ich wusste gar nicht, wo der Ärger so plötzlich hergekommen war.

„Sorry! Das ist nicht böse gemeint!“, fügte ich also schnell hinzu. „Ich habe mich einfach nur gefragt, warum man so was macht.“

Felix seufzte. „Ich glaube nicht, dass wir uns gut genug kennen, um meine Beziehung zu meiner Exfreundin zu besprechen."
„Aber deine zwei Millionen Fans, die kennst du dafür gut genug?"
Seine Miene verfinsterte sich. „Meine Abonnenten haben nie etwas von meinem Privatleben zu sehen bekommen. Das sind Doreens Leute, die du meinst."
„Oh", sagte ich jetzt etwas kleinlaut. „Dann hast du also nie öffentlich über eure Beziehung gesprochen?"
Felix biss sich auf die Unterlippe und sah zu Mark hinüber, der sich lachend mit drei Mädchen unterhielt. „Doch, in ihren Videos irgendwie schon, aber …" Er brach ab und runzelte die Stirn.
Dann begannen seine Mundwinkel zu zucken und seine Lippen formten sich zu einem sanften Lächeln. „Du bist ziemlich direkt, meine liebe Caro. Hat dir das schon mal jemand gesagt?"
„Direkt? Nein. Unhöflich, neugierig oder dreist? Das schon eher. Aber mir gefällt *direkt* deutlich besser."
Felix lachte und in meinem Magen breitete sich schon wieder dieses seltsame warme Gefühl aus.

„Und das war der Moment, in dem sie wusste, dass sie sich verliebt hatte“, drang plötzlich Mariellas Stimme an mein Ohr. „Dass sie Hals über Kopf in ein romantisches Abenteuer gestolpert war.“

Ertappt zuckte ich zusammen, verdrehte dann jedoch die Augen und wandte mich an meine beste Freundin. „Du weißt schon, dass das hier niemals das Licht des Internets erblicken darf, oder? Wie immer gilt: Ich entscheide über alles Filmmaterial, in dem mein Gesicht zu sehen ist.“

„Clever, Fräulein Caro“, sagte Felix grinsend. „Äußerst clever.“

Mariella dagegen schnaubte. „Als ob du mir die Erlaubnis nicht geben würdest, wenn ich nur lange genug bettle.“

Sie hatte natürlich Recht. Wenn es um Mariella und ihren Hundeblick ging, dann hatte ich kein bisschen Rückgrat. „Aber du würdest mich mit deinen Bettelkünsten niemals zu etwas zwingen, das ich hinterher bereue.“

„Und was ist mit der Chilischote?“, fragte sie neckend.

„Chilischote?“, wiederholte Felix interessiert.

„Es war eine Wette! Was hätte ich denn tun sollen? Mariella hat damit gedroht, dass ich in

Unterwäsche über den Schulhof rennen muss, falls ich kneife." Ich zuckte mit den Schultern. „Lieber brennt mir der Mund weg, als dass ich vor Scham komplett sterbe."

„Ich glaube, mir hätte die Strafe besser gefallen." Felix' grüne Augen funkelten.

Mariella, die jetzt wieder die Kamera hochnahm und sie auf Felix richtete, grinste wissend. „Sagte er und wünschte sich nichts sehnlicher als eine weitere Chilischoten-Wette."

„Wahre Worte", murmelte Felix.

„Ich war neun!", sagte ich. Mit Sicherheit war ich rot wie eine Tomate. „Da wollte das bestimmt niemand sehen!"

Mariella überging meinen Einwand einfach. „Jedenfalls hat Caro danach ganze drei Liter Milch getrunken und hinterher noch eine Scheibe Brot auf ihre Zunge gepresst."

Mir war das Ganze einfach nur peinlich, darum schaute ich zu einer der Mädchengruppen in unserer Nähe. Dort stand Mark und beobachtete Mariella interessiert. Wenn ich mich nicht sehr täuschte, dann hatte er unsere Unterhaltung mitbekommen.

Im nächsten Moment verabschiedete er sich von den Mädchen und kam zu uns herüber.

Mariella merkte davon jedoch nichts. „Ich wünschte, ich hätte damals schon eine Kamera gehabt. Dein Gesichtsausdruck war einfach bombe." Sie seufzte und schaute ganz sehnsuchtsvoll.

„Und *ich* wünschte, ich hätte eine Kamera gehabt, als Felix sich als Skater versucht hat", erklang hinter ihr Marks Stimme.

Mariella wirbelte bei seinen Worten nicht schockiert herum, wie die meisten Mädchen es getan hätten.

Stattdessen setzte sie ein ruhiges Lächeln auf, bevor sie ihn anschaute, und sagte: „Es gibt doch schon das Video, in dem du so tust, als würde im Badezimmer eine Schlange auf ihn warten. Übrigens mein liebstes Video von dir."

Mark grinste und hob eine Augenbraue. „Ach, nicht das Video über die ‚Zehn Arten von Küssen'?"

Mariella wirkte jetzt doch, als wäre ihr leicht unwohl. „Ich fand das etwas zu einfallslos, ehrlich gesagt. So was hat ja jeder zweite YouTuber auf dem Kanal."

Ich öffnete schockiert den Mund. Halb erwartete ich, dass Mark wütend werden würde, aber er seufzte nur.

„Ja, ich weiß", meinte er. „Keine Ahnung, was ich mir dabei gedacht habe. Ich war schon öfters kurz davor, es zu löschen. Aber ihr könnt euch nicht vorstellen, wie oft mir Zuschauer schreiben, dass sie es total lieben. Außerdem sind die Klickzahlen … nun ja, sehr gut."

Mariella zuckte bloß mit den Schultern, woraufhin Mark sich an Felix wandte. „Und wie läuft es bei dir?"

Dann blieb sein Blick an mir hängen und er hob fragend die Augenbrauen. „Du bist eine Zuschauerin von Flixxxi?"

Felix begann zu lachen. „Schön wär's. Ich glaube, Caro würde sich lieber einen Arm abschneiden, als eins meiner Videos anzuschauen."

„Das stimmt überhaupt nicht."

„Wirklich?" Überrascht sah er mich an und ich hatte das Gefühl, in seinem Blick zu versinken. Stattdessen zuckte ich mit den Schultern und versuchte mir nicht anmerken zu lassen, dass die Schmetterlinge in meinem Bauch schon wieder eine Party feierten. „Klar. Ich brauche meinen Arm schließlich noch. Wenn ich allerdings zwischen den Videos und einer zweiten Chilischote wählen müsste …"

Mark boxte seinem Freund lachend gegen die

Schulter. „Da hast du wohl gerade eine dicke Abfuhr kassiert."
Ich öffnete den Mund, um ihm zu widersprechen, aber Felix war schneller.
„Und wie steht's bei dir? Gibt es schon ein passendes Videomädchen?", fragte er und boxte Mark zurück. Er sah zufrieden aus, als dieser zusammenzuckte und sich den Arm rieb.
Mark seufzte. „Da war eine Sabrina, die ganz nett zu sein scheint. Außerdem ist sie sehr hübsch."
„Aber …?"
„Aber sie wollte als Erstes wissen, ob sie mich im Video küssen darf. So wie fast alle anderen, mit denen ich gesprochen habe …"
Felix setzte eine gespielt mitleidige Miene auf.
„Ja, dein Leben ist wirklich tragisch. Lauter hübsche Mädchen, die dich anhimmeln und küssen wollen."
„Ach, und bei dir ist das anders?", fragte ich leicht belustigt.
Er zeigte mit dem Finger auf mich und nickte.
„Mich kennen sie ja nicht mal, geschweige denn, dass sie mich küssen wollen."
Dann verzog er das Gesicht, als wäre ihm gerade ein unguter Gedanke gekommen. „Kanntest du Mark eigentlichvor der Sache heute?"

„Natürlich“, erwiderte ich und wusste nicht ganz, worauf er hinauswollte.
„War ja klar“, murmelte Felix – und jetzt kapierte ich: Von Mark hatte ich gehört, von Felix jedoch nicht.
„Keine Sorge. Sie hasst seine Videos“, warf Mariella dazwischen. „Glaub mir, Mark ist keine Konkurrenz für dich …“
„Hey!“, machte Mark empört.
„… im Kampf um Caros Liebe.“
Mark wandte sich an mich. „Du hasst also meine Videos?“ Er sah tatsächlich geknickt aus und ich überlegte, womit ich ihn aufmuntern könnte. Aber Mariella wedelte bereits mit der Hand.
„Ach, sie hasst grundsätzlich alle YouTube-Videos von Lifestyle-Vloggern.“
„Außer deine!“, fügte ich grinsend hinzu.
„Und was macht ihre Videos so besonders?“, fragte Mark interessiert.
„Sie sind originell, witzig und charmant. Außerdem gibt es Butterkekse.“
„Na dann sollte ich Mariella unbedingt mit zum Essen nehmen, oder?“ Mark zwinkerte ihr zu und sie erwiderte sein Lächeln. „Originalität, Witz und Charme haben noch keinem Video geschadet.“

„Butterkekse auch nicht“, fügte Mariella hinzu.
Ich freute mich riesig, dass sie es in die Auswahl geschafft hatte. Aber damit war es für mich jetzt an der Zeit, nach Hause zu fahren und mich meinem Matheproblem zu widmen.
Mein Blick ging hinüber zur U-Bahn-Station.
„Caro muss aber mitkommen.“ Das war Felix’ Stimme.
Ich drehte den Kopf und sah, dass er mich beobachtete. „Warum das denn? Ich muss noch lernen und –“
„Ich dachte, du bist Mariellas Managerin! Die Sache mit der Stalker-Bewerbung, schon vergessen?“ Er schob übertrieben schmollend die Unterlippe vor. Dabei strahlten mich seine grünen Augen verlockend an.
Ich hätte Nein sagen können. Vielleicht hätte ich es auch einfach tun sollen. Aber etwas in mir wehrte sich dagegen.
Die Anziehung, die zwischen Felix und mir herrschte, konnte ich nicht abstreiten. Trotzdem, sie war nicht der Grund, warum ich Ja sagte. Es war der Ausdruck in seinen Augen.
Darin lag etwas, das ich unbedingt ergründen wollte.
Nicht etwa, weil ich neugierig war, obwohl das

stimmte. Es war, weil ich denselben Ausdruck jedes Mal entdeckte, wenn ich in den Spiegel sah: die Sehnsucht nach etwas, das man selbst nicht benennen konnte.
„Okay, du hast Recht“, meinte ich also. „Ein Star braucht seinen Agenten.“

KAPITEL 6

„Ist das dein Ernst? Ich dachte, das soll ein ehrliches ‚Was Jungs nicht zu Mädchen sagen‘-Video werden und nicht so ein ‚Was Mädchen gerne von Jungs hören würden‘-Geschwafel“, meinte Mariella aufgebracht.
Dann schob sie sich die widerspenstige Locke, die fast in ihrem Essen gelandet wäre, wieder hinters Ohr.
Es war bereits später Nachmittag und wir saßen im Fast-Food-Bereich des Einkaufszentrums. Mariella und Mark hatten sich Nudeln beim Asiaten bestellt. Sabrina, das andere Mädchen, das Mark eingeladen hatte, kaute an einem Stück Pizza herum. Sie hatte bisher kaum etwas gesagt, dafür aber Mariella mit hasserfüllten Blicken durchbohrt.
„Also ich finde die Idee gut“, mischte sie sich jetzt ein und lächelte Mark warm an.
Dieser schien jedoch nicht ganz überzeugt.

„Glaubst du denn, dass deine Version bei Mädchen ankommen wird?“, wandte er sich wieder an Mariella.
Sie antwortete sofort. „Ach, die vertragen die Wahrheit ganz gut. Und die meisten Kerle würden nichts von dem, was du dir überlegt hast, wirklich zu einem Mädchen sagen. Die würden sich die Eier abschneiden, bevor sie so was auch nur denken. Außerdem finde ich: Wenn man als YouTuber nicht ehrlich ist, dann hat man eh verloren.“
Ich merkte, wie Felix bei Mariellas letzten Worten zusammenzuckte. Nachdenklich runzelte ich die Stirn.
Wenn ihre Worte ihn trafen, dann musste es etwas geben, worüber er seine Zuschauer anlog. Ich hatte natürlich keine Ahnung, was das war, weil ich seine Videos nicht kannte. Mich beschlich allerdings das Gefühl, dass es mit Doreen zu tun hatte.
„*Ich* würde mir jedenfalls lieber die Eier abschneiden, als euch weiter zuzuhören“, sagte Felix jetzt. „Was meinst du, Caro? Wollen wir abhauen und die Frage, was Jungs und Mädchen tun oder nicht tun, mögen oder nicht mögen, diesen drei Experten überlassen?“

Ich musste nicht lange überlegen Mariella kam offensichtlich ganz gut ohne mich klar. Schließlich hatte sie die letzten zehn Minuten damit verbracht, ausführlich mit Mark zu diskutieren. Und ihm schien das zu gefallen. Ich konnte also endlich nach Hause fahren. Und wenn ich früh ins Bett ging, dann hatte ich noch den ganzen Sonntag zum Lernen.
„Mit dem allergrößten Vergnügen!“, antwortete ich also.
Felix griff nach meiner Hand und zog mich hoch.
Seine Finger fühlten sich warm an und ich spürte ein leichtes Kribbeln, wo seine Haut meine berührte. Bevor ich jedoch entscheiden konnte, ob ich seinen Druck erwidern wollte, hatte er mich schon wieder losgelassen.
Er schlängelte sich zwischen den Tischen hindurch zur Rolltreppe.
„Warum wolltest du eigentlich nicht bei dem Video mithelfen?“, fragte ich, als ich mich hinter ihm auf die Stufen stellte und wir langsam nach unten fuhren. „Schließlich bist du doch der Brad Pitt der YouTube-Szene.“
Er drehte sich mit ungläubigem Blick zu mir um. „Was, bitte, redest du da?“

„Na ja, Mariella meinte, du und Doreen, ihr seid so was wie Angelina Jolie und Brad Pitt. Nur eben in der deutschen YouTube-Szene und nicht in Hollywood."

Er strich sich eine Strähne aus dem Gesicht. „Aber dafür samt der Trennung, die die Medien breitgetreten haben", sagte er. Dann sah er auf meine Hände.

Einen Moment lang hatte ich das Gefühl, als könnte ich seinen Blick auf meinen Fingern spüren. Ich ertappte mich dabei, wie ich mir wünschte, dass er sie wieder in seine nehmen würde. Schnell schüttelte ich den Kopf, um etwas klarer denken zu können.

„Aber es stimmt doch, dass ihr mal zusammen wart, oder? Wie lange seid ihr schon getrennt?", fragte ich.

„Eine Weile", meinte er, sah mir dabei jedoch noch immer nicht in die Augen. „Es hat irgendwann nicht mehr funktioniert. Ihr YouTube-Kanal ist mittlerweile mehr als nur ein Hobby für sie. Und sie hat nicht verstanden, dass ich nicht ständig Teil davon sein möchte. Dass mir das alles manchmal einfach zu viel war."

Ich hakte nach: „Aber du hast doch selbst einen Kanal. Ist das nicht das Gleiche?"

„Nein, überhaupt nicht. Bei mir bin nicht *ich* das Gesprächsthema, sondern die Spiele. Ich … stelle mich selbst nicht in den Mittelpunkt."
Wir hatten inzwischen das Erdgeschoss erreicht und spazierten nun langsam mit den anderen Besuchern durchs Einkaufszentrum.
Es herrschte ziemlich viel Betrieb heute. Deshalb war ich erleichtert, als wir den Springbrunnen erreichten, wo das Rauschen des Wassers die Gespräche der Leute übertönte.
Ich hockte mich auf den Rand des Beckens und strich mit den Fingern sanft über die Wasseroberfläche. „Also hast du mit ihr Schluss gemacht, weil du ihr Hobby nicht mochtest? Das ist schon irgendwie hart, wenn man es richtig betrachtet."
Felix schnaubte. „Ich habe *nicht* mit ihr Schluss gemacht. Es war eher so, dass wir beide gemerkt haben, dass die große Liebe gar nicht so groß ist, wie wir dachten. Wir haben uns immer seltener gesehen. Und das machte uns auch immer weniger aus. Irgendwann haben wir dann einfach beschlossen aufzugeben."
Aufgeben. Das war genau das Wort, das ich auch benutzt hätte. Noch vorhin hatte ich Mariella erklärt, dass für mich Liebe in Wahrheit nur ein

Zeichen von Treue ist. Dass nur *die* Beziehungen halten, bei denen die Beteiligten nicht aufgeben. Allerdings musste ich zugeben, dass das, was ich fühlte, während ich so neben Felix saß, nichts mit Treue zu tun haben konnte. Es war etwas anderes. Es war ein warmes Ziehen irgendwo in der Region, wo mein Herz lag.

War es möglich, dass ich mich ein klitzekleines bisschen verliebt hatte? Nur nicht Hals über Kopf, so wie Mariella das beschrieben hatte, sondern *Herz* über Kopf? Mein Herz wollte jedenfalls etwas anderes als mein Verstand.

„Ist das mit den YouTube-Videos dein Traum?", fragte ich schließlich, um das Schweigen zu brechen, das zwischen uns entstanden war. „Das mal beruflich zu machen, meine ich."

Felix wandte den Blick nicht von der Fontäne ab, deren Wasser zwei Stockwerke hoch schoss und dann mit lautem Platschen wieder nach unten ins Becken fiel.

Er schien ernsthaft über meine Frage nachzudenken, bevor er antwortete. „Eigentlich nicht. Ich meine, ich mache unheimlich gern Videos und ich liebe meine Zuschauer. Mit anderen über Computerspiele zu reden, das habe ich schon immer gemocht. Und ich bin echt froh, dass es das Internet gibt, weil meine Freunde und meine Familie schon lange keine Lust mehr haben, mir zuzuhören. Aber ich möchte nicht immer nur spielen. Am liebsten würde ich selbst Spielwelten entwickeln. Mein ganz eigenes Spiel erstellen, weißt du?"

Ich sah in seine grünen Augen und spürte, wie sehr er für diese Sache brannte. In diesem Moment beneidete ich ihn. Denn ja, ich wusste, dass ich Abitur machen wollte. Aber was danach kam, darüber hatte ich mir nie Gedanken gemacht.

Allerdings hatte ich auch noch drei Jahre Zeit, um meinen eigenen Traum zu finden.

„Was ist mit dir? Gibt es etwas, das du dir für deine Zukunft wünschst? Oder wirst du einfach Mariellas Agentin?" Der ernste Ausdruck war aus seinem Gesicht verschwunden und das Lächeln zurückgekehrt.

„Also, Mariella fände das großartig. Aber ich glaube nicht, dass ich für die YouTube-Welt gemacht bin. Weder vor noch hinter der Kamera. Überhaupt sind mir diese ganzen Internet-Sachen etwas … Na ja, ich fühle mich nie so richtig wohl damit. Klar habe ich Facebook, aber selbst da weiß ich nicht, was ich posten soll. Ich habe oft das Gefühl, als hätte ich nichts zu erzählen."

Als ich merkte, wie lahm das klang, seufzte ich. „Bin ich nicht die Coolness in Person?"

„Ach, ich verstehe das gut." Er kratzte sich am Arm und sah auf seine Hände. „Mir geht es oft auch so. Dann denke ich, dass es vollkommen egal ist, was ich im Internet tue. Denn obwohl es sich real anfühlt, weil Hunderte von Leuten meine Sachen lesen oder sehen können, so ist es das doch irgendwie … nicht."

Am liebsten hätte ich ihn umarmt. Er hatte genau das ausgesprochen, was ich selbst manchmal fühlte. Klar, an den meisten Tagen liebte ich es, mit Freunden bei Facebook zu schreiben, mir Katzen-Videos anzusehen oder mitzuverfolgen, was meine Lieblingsmusiker so taten.

Aber an anderen Tagen saß ich vor dem Handy und fühlte mich trotz meiner über zweihundert Freunde bei Facebook so allein wie nie.

„Vielleicht sollten wir uns einfach gegenseitig schreiben. Ich meine, wenn wir das nächste Mal denken, dass es niemanden interessiert, was wir tun", schlug Felix vor. „Dafür müsstest du mir allerdings deinen vollen Namen oder deine

Handynummer geben. Natürlich nur für solche Gelegenheiten und nicht etwa, weil ich dich dann anrufen würde, um zu fragen, ob du Lust hast, mit mir auszugehen."

„Ausgehen?", wiederholte ich möglichst lässig, während mein Herz in meiner Brust Saltos schlug. „Wie altmodisch von dir."

„Ich bin eben ein Gentleman", antwortete er grinsend.

„Und wieso fragst du mich nicht einfach hier und jetzt?"

Er überlegte einen Moment lang. „Weil ich Angst habe, dass du vielleicht Nein sagst."

Es war eine so ehrliche Antwort und sein Blick war so offen, dass ich einfach lachen musste. Felix hatte eine positive, herzliche Art, die mir unglaublich gut gefiel.

„Du lachst mich aus? Tja, wer ist jetzt die Coolness in Person?"

Sofort hörte ich auf und sah ihn fest an. „Felix? Ich würde liebend gern mal mit dir ausgehen", sagte ich sehr bestimmt.

Sein Grinsen kehrte zurück und haute mich fast um. „Auch ohne Butterkekse?"

„Ganz ohne Butterkekse", bestätigte ich.

Noch immer lächelnd beugte er sich zu mir.

Sein Gesicht war jetzt so nah, dass ich seinen Atem spürte. Bevor ich reagieren konnte, drückte er seine Lippen sehr kurz und ganz sanft auf meine. Die Schmetterlinge in meinem Bauch verwandelten sich in eine Herde Regenbogen-Sternschnuppen-Einhörner.

Verwirrt blickte ich ihn an.

Doch er war bereits aufgestanden und hielt mir jetzt die Hand hin. „Komm, ich bringe dich zur U-Bahn. Du musst schnell nach Hause, damit ich dich anrufen kann."

Lachend ließ ich mich von ihm mitziehen.

KAPITEL 7

Das mit dem Lernen klappte an diesem Wochenende nicht mehr so richtig.
Felix hatte mich am Samstag angerufen, noch bevor ich meine Haustür erreicht hatte. Wir hatten uns für nächsten Freitag zum Kino verabredet und noch ewig lange telefoniert. Am Sonntagvormittag fing ich dann an bei YouTube seine Videos zu schauen.
In den Filmen war er genauso locker und lustig wie im echten Leben. Obwohl ich von manchen Spielen keine Ahnung hatte, machte es riesigen Spaß, ihm dabei zuzuhören. Man merkte, wie sehr er das Ganze liebte, und seine Begeisterung steckte an.
Auch das Video mit der Gummischlange im Badezimmer suchte und fand ich. Es war tatsächlich der beste Beitrag, den ich je von Mark gesehen hatte.
Ich konnte nicht widerstehen. Grinsend zog ich

mein Handy hervor und schrieb Felix eine Nachricht.

Caro: Das Schlangenvideo ... Ohne Worte.

Felix: Du hast das gesehen? Tja, das war's dann wohl mit Kino. Irgendwann werde ich Mark noch umbringen.

Caro: Nein, Freitag steht. Aber ich muss mal schauen, ob nicht irgendein Horrorfilm mit Schlangen läuft.

Felix: Damit du meine Mädchenschreie hören kannst?

Caro: Keine Sorge, du hast ja eine Schulter zum Anlehnen.

Am Montag wurde ich dann in die kalte, harte Realität zurückgeholt.
Es begann, als ich mich morgens bei Facebook einloggte und feststellte, dass ich 38 neue Nachrichten und mehr als 200 Benachrichtigungen hatte. Das war ziemlich ungewöhnlich. Aber weil ich spät dran war, beschloss ich sie erst später zu lesen.
Ein schlimmer Fehler, wie sich herausstellte.

Kaum hatte ich den Schulhof betreten, beschlich mich ein merkwürdiges Gefühl. Es war, als würden meine Mitschüler mich beobachten. Ein paar hatten dieses grässliche Lächeln im Gesicht, als wüssten sie über etwas Bescheid, von dem ich absolut keine Ahnung hatte.
„Na, Caro? Wie war dein Wochenende?", fragte mich ein Mädchen aus der Neunten.
Ich wunderte mich, denn ich kannte noch nicht einmal ihren Namen. Was mich aber wirklich überraschte, das war ihr Tonfall. Sie klang fast feindselig.
„Was meinst du?", fragte ich verwirrt.
„Als ob du das nicht genau weißt." Mit diesen Worten drehte sie sich um und stapfte zu ihren Freundinnen.
Verblüfft sah ich ihr nach.
„Caro!" Mariella kam mit wehenden Haaren auf mich zugerannt. „Ich habe dich schon überall gesucht!"
„Wieso, was ist passiert?"
Mariella seufzte. „Du warst also noch nicht bei Facebook drin? Hätte ich mir ja denken können. Du bist wirklich die Einzige, die ich kenne, die nicht wenigstens einmal am Tag reinschaut."
Ich dachte an die vielen Nachrichten und mich

beschlich ein sehr ungutes Gefühl.
„Jemand hat ein Foto von dir und Felix gemacht und es bei Facebook gepostet. Für die Doreen-Fans bist du gerade der Staatsfeind Nummer eins.“ Mariella zog mich an einer Gruppe Mädchen vorbei, die uns mit ihren Blicken durchbohrten.
„Was für ein Foto?“
„Eins, wo ihr euch küsst! Übrigens vielen Dank, dass du mir davon erzählt hast … nicht!“ Mariella boxte mir auf den Arm. „Wenn Mark nicht wäre, hätte ich es nie herausgefunden.“
„Mark weiß davon?“ Schockiert sah ich sie an. Im nächsten Moment wurde mir das Ausmaß der Sache bewusst. „Das ganze *Internet* weiß davon!“
„Ach, das wäre ja gar nicht so schlimm! Aber überleg mal: Doreen und Felix sind erst seit Samstag offiziell getrennt. Und am Sonntag taucht ein Bild auf, auf dem er ein anderes Mädchen küsst.“
„Das heißt, jetzt denken alle, ich wäre so eine hinterhältige Ziege, die sich sofort an Felix rangeschmissen hat?“ Wütend zog ich mein Handy heraus und öffnete Facebook. „Das ist ja wundervoll!“
„Nicht ganz.“ Mariella sah mich mitleidig an.

„Die meisten behaupten, ihr hättet schon was miteinander gehabt, als er noch mit Doreen zusammen war."
Es klingelte zur ersten Stunde.
Während ich neben Mariella Richtung Klassenzimmer ging, scrollte ich durch die Nachrichten. Sie schienen nur aus Beleidigungen und Drohungen zu bestehen – und die Namen, die man mir gab, waren allesamt weit weniger harmlos als ‚hinterhältige Ziege'.
Aber ich hatte auch eine neue Nachricht von Felix. Er fragte, ob ich heute Zeit zum Reden hätte. Ich ignorierte ihn.
Als wäre das alles nicht schlimm genug, verkündete unser Mathelehrer, dass wir die erste Hälfte der Doppelstunde für eine Übungsarbeit nutzen würden. Damit jeder für sich überprüfen konnte, wo es noch Lücken gab.
Mein Gehirn war eine einzige Lücke: Sobald sich Schweigen über den Raum gelegt hatte, konnte ich keinen klaren Gedanken mehr fassen. Die Buchstaben verschwammen vor meinen Augen und jede Rechnung, die ich löste, endete mit einem Ergebnis, das nie und nimmer stimmte.
Als die Schulglocke läutete, legten alle anderen ihre Zettel weg und begannen aufgeregt zu

schnattern. Ich dagegen seufzte nur und sah hinab auf das Chaos, das einmal ein weißes Blatt Papier gewesen war.

„Alles okay?“ Mariella lehnte sich zu mir herüber. „Lass dich von dem Mist nicht runterziehen. Wir beide wissen, dass nichts davon stimmt.“

„Ich hätte am Wochenende lernen sollen“, murmelte ich. „Ich wusste, ich hätte lernen sollen. Aber nein, stattdessen handle ich mir eine wild gewordene Fan-Meute ein.“ Erschöpft ließ ich den Kopf in meine Hände sinken.

Mariella blinzelte. „Aber das war es doch wert, oder? Felix ist echt ein toller Kerl.“

„Ja, ist er“, stimmte ich ihr zu. Doch ihre Frage ließ ich offen, weil ich die Antwort darauf nicht kannte.

„Caroline? Ist alles in Ordnung?“ Udos Stimme klang besorgt.

Müde hob ich den Kopf und sah, wie er mich über den Tisch hinweg musterte.

Meine Mutter arbeitete. Aber Udo bestand trotzdem darauf, dass wir zusammen aßen. Er nahm das mit dem Vaterspielen viel zu ernst.

„Ja, wieso?“

„Du hast dein Essen nicht angerührt und auch nichts gesagt. Nicht einmal aufs Handy geguckt.“ Er runzelte die Stirn. „Magst du es wieder nicht? Dabei habe ich Kordula dieses Mal extra gefragt, was dein Lieblingsgericht ist.“
Überrascht sah ich auf die Lasagne, die ich tatsächlich noch nicht angerührt hatte. Er hatte meine Mutter gefragt, was ich gern aß?
Als hätte er meine Gedanken gehört, sagte er: „Ich wollte vermeiden, dass du wieder so lustlos auf dem Teller herumstocherst wie beim Kartoffelpüree letzte Woche.“
Seine Mundwinkel zuckten unter dem dicken Schnurrbart. „Aber vielleicht verwechsle ich bloß immer Zucker mit Salz und merke es gar nicht?“
„Nein, nein!“, antwortete ich hastig. „Das hat nichts mit dir zu tun. Die Schule heute war nur … furchtbar. Ich hasse Mathe.“
„Was ist denn passiert?“
Ich seufzte. „Es hat mal wieder nichts geklappt. Immer wenn wir eine Arbeit schreiben, ist mein Kopf wie leergefegt.“
„Vielleicht sollten wir das dann üben.“
„Wir?“, fragte ich verblüfft. „Du willst mir helfen?“
Udo lachte. „Warum so schockiert? Natürlich

würde ich dir helfen."
„Weil du willst, dass ich gute Noten habe, damit ich nach der Schule möglichst schnell weg bin?", platzte es aus mir heraus.
Um Udo nicht ansehen zu müssen, nahm ich meine Gabel und schaufelte mir Lasagne in den Mund. Sie schmeckte gar nicht schlecht.
„Das denkst du von mir?" Er klang beinahe verletzt. Damit hatte ich nicht gerechnet.
Vorsichtig schielte ich über meine Gabel hinweg zu ihm hinüber.
Mit einem Seufzen verschränkte er die Finger.
„Ich liebe deine Mutter, Caro. Aber ich würde dir auch so helfen. Du bist ein fleißiges Mädchen und du wirst es im Leben noch sehr weit bringen."
Überrascht legte ich meine Gabel weg.
Udo fand, dass ich fleißig war? Dabei wies er mich ständig auf irgendwelche Sachen hin, die ich erledigen sollte: die Wäsche, die sich nicht von alleine wusch. Oder den Müll, der dringend geleert werden musste.
„Und warum erzählst du mir dann immer, wie viel toller dein eigener Sohn ist?"
„Timo?" Udo lachte und sah mich an, als hätte ich den Verstand verloren. „Timo war vermutlich

der unordentlichste Teenager der Welt. Ich musste ihn jeden Tag daran erinnern, sein Geschirr in die Spülmaschine zu räumen. Wenn ich ihn nicht ständig ermahnt hätte, würde er heute vermutlich in einem Drecksloch hausen. Auch Jugendliche können noch wichtige Dinge fürs Leben lernen, Caroline. Wenn ich dich bitte etwas im Haushalt zu tun, dann nicht, weil ich dich ärgern möchte."

„Okay …", murmelte ich. Das musste ich erst einmal verdauen.

„Damit wäre das ja geklärt! Bist du bereit dich auf deine Matheübungen zu stürzen?"

„Yippie", sagte ich übertrieben fröhlich. „Mathe ist ja *so* ein Spaß."

KAPITEL 8

Als ich am nächsten Morgen aus der Tür trat, war ich seltsamerweise nicht überrascht, dass Felix auf den Stufen vor unserem Haus saß. Er hatte zwei Pappbecher und eine Papiertüte neben sich stehen und starrte auf sein Handy.

Ich beobachtete ihn einen Augenblick lang, bevor ich mich mit einem Seufzer neben ihn sinken ließ.

„Guten Morgen", sagte ich leise. „Ich sollte mich vermutlich wundern, woher du meine Adresse hast. Aber ich glaube, ich kenne die Antwort: Sie ist klein, lockig und butterkeksbesessen."

Felix nickte und reichte mir dann die Tüte und einen der Becher. „Ein Blaubeer-Muffin und Kaffee. Ich hoffe, ich habe deinen Geschmack getroffen."

Kaum öffnete ich die Tüte, roch ich den verlockenden Duft von frischem Gebäck. „Auf jeden Fall!"

„Caro, es tut mir wirklich leid."
„Was denn genau?" Ich sah ihn prüfend an, während ich in meinen Muffin biss.
Er lächelte schief. „Das mit den Idioten bei Facebook. Manchmal frage ich mich, ob die Leute nichts Besseres zu tun haben, als sich in das Leben anderer einzumischen."
Nachdenklich betrachtete ich meine Schuhspitzen. „Aber diese Leute sind ja ein *Teil* eures Lebens – oder sie glauben es zumindest. Sie sehen euch jeden Tag, begleiten euch bei allem, was ihr auf YouTube tut. Für sie seid ihr … so was wie Freunde, denke ich."
„Seine Freunde behandelt man aber nicht so." Felix' Stimme klang wütend. „Was sie dir da teilweise geschrieben haben … Ohne Worte. Du kannst mir nicht sagen, dass du das in Ordnung findest."
Ich zuckte mit den Schultern. „*Ich* bin eben kein Teil ihres Lebens. Versteh mich nicht falsch. Diese ganzen Idioten, die meinen, sie wüssten über mich Bescheid, machen mich stinksauer. Trotzdem glaube ich, dass sie in Doreen eine Art Freundin sehen und nur deshalb so fies zu mir sind."
Felix fuhr sich frustriert durchs Haar. „Das ist

alles meine Schuld. Wenn Doreen und ich schon früher gesagt hätten, was Sache ist, dann hätten wir jetzt nicht so ein Problem."
Ich sah endlich auf und betrachtete sein Gesicht. „Wie lange seid ihr denn nun wirklich getrennt? Und ‚Eine Weile' reicht mir dieses Mal nicht als Antwort."
Felix seufzte. „Etwa zwei Monate." Er wirkte geknickt, als fürchte er, ich würde ihn gleich wütend anschreien.
Stattdessen lächelte ich. „Du konntest ja nicht wissen, dass so etwas passiert. Trotzdem hasse ich das alles. Für mich ist es schon seltsam, wenn ich in Mariellas Videos auftauche. Aber jetzt hält mich das gesamte Internet für eine Schlampe, die anderen Mädchen den Freund ausspannt."
Er nahm meine Hand und drückte sie. „Hauptsache, *wir* wissen, dass das Unsinn ist. Wen interessiert schon, was die Idioten im Internet denken? Außerdem wird der ganze Wirbel bald vorbei sein. Für alles andere sind wir zwei einfach nicht interessant genug."
Ich sah in seine grünen Augen und fühlte mich ihm ganz nahe. Darum lehnte ich mich vor und drückte meine Lippen vorsichtig auf seine. Dann packte ich meinen Kaffee und den Muffin

und erhob mich. „Ich muss jetzt los, sonst komm ich zu spät zur Schule."
Während wir gemeinsam zur U-Bahn spazierten, sprachen wir nicht mehr über YouTube oder Doreen oder die Idioten im Internet.
Aber so ganz bekam ich die Sache nicht aus meinem Kopf.
Denn die Wahrheit war, dass es doch jemanden gab, den die Meinung der Idioten interessierte: mich.

Eigentlich hatte ich darauf gehofft, dass sich die Lage über Nacht etwas beruhigen würde. Aber das Gegenteil war der Fall. Das Getuschel und die Blicke waren nur noch schlimmer.
Es schien, als hätten all die fiesen Gerüchte über mich jetzt sogar die Leute erreicht, die sich eigentlich gar nicht für YouTube interessierten.
„Was haben die denn für ein Problem?", fragte Mariella, als wir nach der Pause durch den Schulflur gingen.
Mit gerunzelter Stirn sah sie den zwei Sechstklässlern nach, die neben uns hergelaufen waren und mich angestarrt hatten, bis Mariella sie angefaucht hatte.
„Keine Ahnung", meinte ich niedergeschlagen.

„Aber wenn das so weitergeht, werde ich noch verrückt."
„Vielleicht musst du einfach bloß klarstellen, wie es wirklich gewesen ist." Ihre Augen begannen zu leuchten. „Wir könnten zum Beispiel auf meinem Kanal ein Interview mit dir machen! Das würde sicher super ankommen, weil meine Zuschauer dich bereits kennen und auch mögen."
Ich schüttelte entschieden den Kopf. „Das Letzte, was ich brauche, ist ein Video über dieses ganze Liebeschaos. Es reden ohnehin schon zu viele Leute über die Sache. Da müssen wir nicht noch mitmachen."
„Ach komm schon, Caro! Meine Zuschauer interessieren sich wirklich dafür, was du zu sagen hast. Ich kriege ständig Nachfragen, was passiert ist. Viele sind sich ganz sicher, dass du niemals etwas mit Felix angefangen hättest, als der noch mit Doreen zusammen war." Sie sah mich an, als sei das die beste Nachricht des Tages.
Vermutlich stimmte das sogar. Aber es gab ja auch sonst keinerlei gute Nachrichten …
„Und woher wollen sie das wissen?", antwortete ich. „Ich bin in deinen Videos doch gar nicht so oft zu sehen. Und dann auch nur für ein oder zwei Minuten."

Mariella verdrehte die Augen. „Man entscheidet im wirklichen Leben auch innerhalb von Minuten, ob man jemanden nett findet. Im Internet ist das nicht anders."
„Im Internet ist *alles* anders", widersprach ich finster.
Mariella seufzte. „Warum lässt du diese Sache so an dich ran? Ist es nicht viel wichtiger, dass Felix dich mag? Hast du keine Gefühle für ihn?"
Ich wusste nicht, was ich ihr darauf antworten sollte.
Klar hatte ich Gefühle für Felix. Er war schließlich nett und offen und lustig. Alles Eigenschaften, die ich mochte. Außerdem lag in seinen Augen eine Herzlichkeit, von der ich mich angezogen fühlte.
Mariella stupste mir ihren Zeigefinger in die Seite. „Du guckst wie ein verliebtes Schaf, Caro."
„Ich bin nicht verliebt", sagte ich bestimmt. Obwohl ich Felix erst heute Morgen geküsst hatte, war ich mir da plötzlich ganz sicher. Man konnte sich in so kurzer Zeit einfach nicht verlieben. Jedenfalls nicht richtig.
„Und ein Schaf bist du schon?" Mariella grinste.
„Aber jetzt mal im Ernst", sagte sie dann.
„Überleg dir das mit dem Interview. Das wäre

eine echte Chance. Wir könnten es auch gleich heute Nachmittag drehen!"

Plötzlich spürte ich, wie die Wut in mir hochkroch. Ihr Lachen und ihr bettelnder Blick, das war einfach zu viel.

Ich ballte meine Hände zu Fäusten. „Falls du es vergessen haben solltest: Wir schreiben morgen Mathe. Da habe ich wirklich anderes zu tun, als vor deiner Kamera herumzuturnen."

Mariella sah mich erschrocken an. Wahrscheinlich, weil ich sie sonst nie anfauchte.

„Okay, okay. Ich meinte ja nur, dass es cool wäre, so ein Video zu drehen."

„Für dich vielleicht", schnaubte ich. „Klar, die Klickzahlen wären bestimmt super. Aber ist dir das echt wichtiger als die Tatsache, dass ich das nicht möchte? Ich mach ja vieles mit, aber für so einen Mist lasse ich mich nicht ausnutzen."

Ich rechnete mindestens mit einem Wutausbruch. Schließlich war Mariella sehr temperamentvoll. Doch sie starrte mich einfach nur mit offenem Mund an.

Da taten mir meine heftigen Worte fast leid. Ich wusste schließlich genau, dass Mariella ihre Klickzahlen niemals über unsere Freundschaft stellen würde.

Aber entschuldigen wollte ich mich trotzdem nicht für meinen Ausbruch.
Als ich das Gefühl, das ihr Blick in mir auslöste, nicht mehr ertragen konnte, drehte ich mich schnell weg.
„Ich gehe jetzt zu Bio“, sagte ich. Und obwohl wir dienstags immer gemeinsam nach Hause fuhren, fügte ich hinzu: „Wir sehen uns dann morgen bei der Mathearbeit.“
Mariella antwortete nicht. Und das machte mir mehr Angst als jeder Idiot im Internet.

KAPITEL 9

Es war fast schon wieder lustig, dass ich zu Mariella gesagt hatte, ein Video über Doreen, Felix und mich wäre das Letzte, was ich gerade brauchen konnte. Denn nur ein paar Stunden später wurde genau so ein Video hochgeladen. Allerdings nicht von Mariella oder von mir, sondern von Felix.

Ich hätte nichts davon mitbekommen, wenn mir Mariella nicht geschrieben hätte.

Als ich ihre Nachricht auf meinem Handy sah, unterbrach ich meine Matheübungen sofort. Denn ich hoffte, dass sie sich mit mir vertragen wollte.

Mariella: Ich glaube, das hier solltest du sehen.

Darunter war ein Link.

Zunächst hoffte ich noch, dass sie mir irgendein süßes Video geschickt hatte. So entschuldigten

wir uns normalerweise, wenn wir uns gestritten hatten.
Aber als ich den Titel des Videos sah und das dazugehörige *Thumbnail*-Bild, geriet mein Herz ins Stolpern. Dann schlug es mit gefühlt doppelter Geschwindigkeit weiter.
Denn das Video war von Felix und der Titel lautete: „Warum ich das Internet manchmal hasse". Auf dem Bild machte Felix ein ernstes Gesicht und über seinem Kopf standen die Worte: „Bin ich fremdgegangen?"
Bevor ich auf *Play* drückte, atmete ich einmal tief durch, um die aufsteigende Panik zu bekämpfen. Doch dann hörte ich Felix aufmerksam zu.
Mit ruhiger Stimme erzählte er seinen Abonnenten von Doreen und sich. Davon, dass sie schon länger nicht mehr richtig glücklich gewesen waren. Dass sie aber überlegt hatten, ihrer Beziehung vielleicht doch noch eine Chance zu geben. Dass sie deswegen nicht öffentlich von der Trennung gesprochen hatten.
Er erzählte, dass sie beide ihre Zuschauer nicht enttäuschen wollten. Aber dass es nicht immer leicht ist, den Erwartungen so vieler Menschen gerecht zu werden.

„Viele von euch glauben, das Foto, das vor kurzem aufgetaucht ist, würde beweisen, dass ich fremdgegangen bin. Und dass Doreen deshalb Schluss gemacht hat. Die Wahrheit ist aber, dass unsere Beziehung schon beendet war, lange bevor ich Caro kennengelernt habe. Doreen und ich wussten nur nicht, wie wir euch da draußen das beibringen sollten. Und dafür entschuldige ich mich."
Nach dieser Erklärung fuhr er sich frustriert durchs dunkle Haar – eine Geste, die mir jetzt schon vertraut war. Er tat das jedes Mal, wenn er nach den richtigen Worten suchte.
Ich seufzte. Am liebsten hätte ich mir sofort die Kommentare unter dem Video durchgelesen. Aber erst musste ich mir den Rest ansehen.
„Was Caro angeht ...", fuhr Felix jetzt fort. „Wir kennen uns noch nicht lange, aber sie wusste, dass Doreen und ich kein Paar mehr sind. Sie ist ein offener, ehrlicher Mensch. Und die fiesen Kommentare auf Facebook und auf Mariellas Kanal hat sie echt nicht verdient. Caro hat mich Doreen nicht ausgespannt. Und sie hat sich ganz bestimmt nicht an mich rangemacht, um bekannt zu werden. Im Gegenteil, sie hasst es, so in der Öffentlichkeit zu stehen. Und ich hasse es,

dass sie meinetwegen leidet. Deshalb wäre es wirklich toll, wenn ihr sie in Ruhe lassen würdet."

Als er meinen Namen sagte, blitzte in seinen Augen diese Herzlichkeit auf, die ich so mochte. Und ich wusste, dass er das Ganze gut gemeint hatte.

Trotzdem war ich mir sicher, dass dieses Video alles nur noch schlimmer machen würde.

Ich sah zu, wie Felix seinen Beitrag mit seinem üblichen Satz beendete: „Und nicht vergessen: Immer schön lässig bleiben." Er sprach ihn jedoch mit deutlich weniger Begeisterung aus als sonst.

Dann begann ich die Kommentare zu lesen. Und die bestätigten meine Vermutung.

Ihr kennt euch erst so kurz und schon macht sie mit dir rum? Schlampe!

Wenn das wirklich stimmen würde, warum hat Doreen dann nicht was dazu gesagt? Sie hat letzte Woche noch ein Bild von euch beiden bei Instagram gepostet. Ich glaube jedenfalls kein Wort.

Diese Caro soll sich mal verbrennen gehen. Das ist

doch eh nur eine Phase. Wenn man euch in Videos gesehen hat, dann weiß man doch, dass ihr füreinander bestimmt sein. Dorix forever!

Beim letzten Kommentar hielt ich inne.
Bisher hatte ich die Videos von Doreen und Felix ganz bewusst nicht angeschaut. Nun ertappte ich mich dabei, wie ich ihre Kanalnamen ins Suchfeld eintippte.
Gleich das erste Video hatte ein Standbild, auf dem die beiden sich küssten. Es ging in dem Beitrag wohl darum, wie sie sich kennengelernt hatten.
Einen Moment lang schwebte mein Daumen über dem Video und mein Herz pochte laut. Dann wanderte mein Blick zu den Mathesachen, die vor mir auf dem Schreibtisch lagen.
Was machte ich hier? War es nicht genau das, wovor ich Angst gehabt hatte? Dass mich irgendein Junge davon abhielt, meine Ziele zu erreichen? Dass ich in so ein verflixtes Liebeschaos hineingezogen wurde und dann alle Pläne über Bord warf, so wie meine Mutter damals?
„Nein!", sagte ich laut, legte das Handy weg und widmete mich wieder der Polynomdivision.

Doch nur wenige Minuten später vibrierte mein Telefon erneut. Dieses Mal war es eine Nachricht von Felix.

Felix: Hast du das Video gesehen?

Hinter den Worten pulsierte ein lächelndes Smiley. Felix war offensichtlich überzeugt davon, dass er mir mit dem Video einen Gefallen getan hatte.

Caro: Ja.

Ich wusste, dass ich mehr schreiben sollte. Dass ich ihm meine Gefühle irgendwie erklären musste. Aber ich hatte keine Ahnung, wie.

Felix: Und???

Als ich nicht antwortete, folgte ein:
Alles okay?

Caro: Nein.

Mehr brachte ich nicht zu Stande.

Wenige Sekunden später begann das Handy zu klingeln. Ich hätte eigentlich gedacht, dass ich in Panik ausbrechen würde, aber ich blieb erstaunlich ruhig.

„Hallo, Felix", sagte ich.

„Caro, was ist los?"

Nach einer kurzen Pause, die ich nicht ausfüllte, redete er weiter. „Ich hätte dich vorher fragen sollen, oder? Mann, ich bin so ein Idiot."

Seine Stimme klang frustriert. Bestimmt standen seine Haare in alle Himmelsrichtungen ab, weil er so oft mit den Fingern hindurchgefahren war.

Ich musste ihm eine Erklärung geben. „Felix, ich … ich glaube nicht, dass das mit uns beiden etwas wird."

Da, ich hatte es gesagt.

Seltsamerweise fühlte ich mich fast ein bisschen erleichtert.

Das Durcheinander und die Angst, die ich in den letzten Tagen verspürt hatte, waren mit diesen Worten verschwunden. Wenn ich nicht mit Felix ausging, mich gar nicht erst auf ihn einließ, dann konnte auch nichts mehr schiefgehen, oder?

„Was?" Felix klang so verletzt, dass ich jetzt doch einen Stich verspürte. Schnell blendete ich ihn aus.

Diese ganze Sache war wie ein Pflaster: Wenn ich es jetzt abriss, dann tat es einmal kurz weh, aber danach war alles wieder in Ordnung.

Ich sagte: „Felix, ich mag dich unheimlich gern, aber –“

„Ich mag dich auch unheimlich gern!“, unterbrach er mich. „Und ich spüre, dass das zwischen uns etwas wirklich Gutes sein könnte. Bitte, Caro! Sag mir einfach, was ich machen soll, damit es dir mit dieser ganzen YouTube-Geschichte besser geht.“

Verdammt. Der Stich in meiner Brust wurde heftiger.

Trotzdem, ich musste die Sache beenden. „Das ist ja das Problem: Ich weiß es nicht. Ich merke nur, dass ich Pläne hatte und dass durch dich alles irgendwie außer Kontrolle geraten ist.“

„Dann machen wir eben gemeinsam Pläne – Pläne, bei denen alles schön unter Kontrolle bleibt.“

Jetzt spürte ich doch Panik in mir hochsteigen. Ich hatte nicht damit gerechnet, dass er so hartnäckig sein würde.

Schnell sagte ich: „Das wird nicht klappen. Sobald man verliebt ist, gibt man die Sachen auf, die einem wichtig sind. Das ist einfach so. Und

wenn ich schon nach ein paar Tagen merke, dass meine Pläne über den Haufen geworfen werden, wie wird das dann erst in ein paar Monaten sein?"
Felix antwortete mit sehr leiser Stimme, die mich unruhig auf meinem Stuhl herumrutschen ließ: „Soll ich meinen Kanal löschen? Ist es das?"
Erschrocken schüttelte ich den Kopf, bis mir einfiel, dass er mich nicht sehen konnte. „Nein! Genau das meine ich ja: Du solltest etwas, das du liebst, nicht für mich aufgeben."
„Mensch Caro, warum machst du das alles so kompliziert? Ich mag dich und ich möchte dich weiter sehen. Sag mir einfach, was ich dafür tun muss! Du wärst es mir wert, meinen Kanal aufzugeben."
„Das ist doch das Problem!", sagte ich bestimmt. „Manche Menschen sind es vielleicht wert, dass man so etwas für sie tut. Aber jemand, der dich wirklich mag, würde das niemals von dir verlangen. Ich tue es jedenfalls nicht."
Am anderen Ende herrschte Schweigen. Erst nach einem langen Moment kam eine Antwort: „Okay, Caro. Ich hoffe, dass deine Pläne aufgehen und dich weit bringen werden."
Danach legte Felix auf.

Mein Kopf begann zu schwirren und hinter meinen Augen brannte es. Das Schlimme waren nicht seine Worte. Viel schlimmer war, dass sie nicht ironisch geklungen hatten, nicht einmal bitter.
Er hatte tatsächlich ein großes Herz: Obwohl ich die Sache zwischen uns beendet hatte, bevor sie richtig beginnen konnte, hoffte er, dass ich bekam, was ich mir wünschte.
Aber als ich mein Handy weglegte und wieder nach meinem Stift griff, konnte ich plötzlich gar nicht mehr sagen, was genau das war.

KAPITEL 10

Als die Pausenglocke läutete, sah ich verwirrt von meinem Blatt hoch. Ich hatte gar nicht gemerkt, wie die Zeit vergangen war.
Zum ersten Mal seit Jahren konnte ich in einer Mathearbeit fast alle Aufgaben lösen! Zwar war ich ziemlich sicher, dass ich mich ein paarmal vertan hatte, und die letzte Aufgabe fehlte noch. Aber alles andere hatte für meine Verhältnisse gut geklappt.
Eine wirklich tolle Note würde es nicht werden, doch immerhin auch keine fünf oder sechs.
Zwei Tische weiter kritzelte Mariella hastig an ihrer letzten Rechnung herum, bis unsere Mathelehrerin ihr das Blatt wegzog. Ich beobachtete, wie sie sich genervt eine Strähne aus dem Gesicht pustete und dann ihre Sachen zusammenpackte.
Einen Moment lang war ich versucht, zu ihr hinüberzugehen und mich bei ihr zu

entschuldigen. Aber bevor ich mich dazu durchringen konnte, hatte sie bereits ihre Tasche geschultert und verschwand durch die Tür. Ich dagegen blieb auf meinem Stuhl sitzen, als sei ich daran festgeklebt.

Eigentlich hätte ich erleichtert sein sollen. Ich hatte die Arbeit hinter mir und es war nicht so schlimm gewesen wie sonst. Jetzt hatte ich wieder einen freien Kopf und freie Zeit.

Während ich meine Sachen zusammenpackte, fragte ich mich jedoch plötzlich, was ich damit anfangen sollte – ohne das Treffen mit Felix am Freitag und vor allem ohne meine beste Freundin. Was nützten einem freie Stunden, wenn man sie mit niemandem teilen konnte?

Auf dem Parkplatz vor der Schule erwartete mich zu meiner Überraschung der rote Kleinwagen meiner Mutter.

Sie lehnte mit zwei Bechern an der Motorhaube und lächelte. „Na? Klausur überlebt?"

„Es war ein Blutbad, aber ich habe es gerade so herausgeschafft." Ich nahm einen der Becher und schnüffelte daran. Es roch nach Schokolade und Himbeere.

Vermutlich hatte sie Kakao mit Sirup gemacht. Den gab es nur, wenn sie mich aufheitern wollte.

„Also hast du ein gutes Gefühl?“ Sie ging um den Wagen herum, ließ mich dabei jedoch nicht aus den Augen.

„Ja“, sagte ich bloß, stieg ein und schlug die Tür hinter mir zu.

Meine Mutter ließ nicht locker. „Warum siehst du dann aus wie drei Tage Regenwetter?“

Ohne dass ich es verhindern konnte, huschten meine Gedanken zu einem Paar grüner Augen und ich seufzte.

„Mariella“, sagte ich jedoch, obwohl das nur die halbe Wahrheit war. „Wir haben uns gestern gestritten und jetzt weiß ich nicht, was ich machen soll. Ich möchte mich bei ihr entschuldigen, aber ich bin auch immer noch sauer auf sie.“ Selbst wenn ich mir den Grund dafür einfach nicht erklären konnte.

„Worum geht es denn?“, fragte meine Mutter, während sie losfuhr.

Ich erzählte ihr von dem Streit um das Video. Allerdings verschwieg ich, was der Grund für Mariellas Interview-Idee war.

Meine Mutter hörte mir aufmerksam zu. Als ich geendet hatte, machte sie einen seltsamen Laut, irgendwas zwischen Schnauben und Summen. Unruhig begann ich an meinen Fingernägeln zu kauen, eine Angewohnheit, die ich eigentlich in der Grundschule abgelegt hatte.

„Und?", fragte ich schließlich, als ich es nicht mehr aushielt. „Was meinst du?"

„Nun, es scheint so, als wärst du gar nicht wegen der Sache mit dem Video sauer auf Mariella. Sie würde dich doch niemals für irgendwelche Klickzahlen ausnutzen." Sie warf mir einen kurzen Blick zu, bevor sie in unsere Straße einbog. „Und das wisst ihr eigentlich auch beide."

Ich nickte. „Aber Fakt ist, dass ich sauer auf sie bin. Wie soll ich mich entschuldigen, wenn ich dieses Gefühl noch immer habe?"

„Kann es sein, dass Mariella dich manchmal zu Dingen überredet, die du gar nicht machen möchtest?"

„Eigentlich nicht", erwiderte ich.

Als ich jedoch darüber nachdachte, merkte ich, dass das nicht ganz stimmte. „Es ist nur … Manchmal habe ich das Gefühl, sie versteht nicht, dass ich Zeit zum Lernen brauche. Sie interessiert sich nicht so für ihre Noten, weil sie im Restaurant ihrer Eltern einsteigen will. Aber mir sind meine Noten wichtig. Ich *muss* Abi machen und nichts wird mich davon abhalten."

Wieder wanderten meine Gedanken zu Felix, der so viel Chaos in mein Leben gebracht und den ich deshalb weggeschickt hatte. Dabei wurde mir bewusst, dass das mit dem Pflaster nicht stimmte. Klar hatte ich es abgerissen, aber jetzt pochte an dieser Stelle eine offene Wunde, die ich nicht richtig benennen konnte.

Mir war bewusst, wie bescheuert das Ganze war, aber ich konnte es nicht ändern.

Meine Mutter lachte, parkte den Wagen und drehte sich dann zu mir um. „Was sollte dich denn davon abhalten?"

Ich sah von ihrem herzlichen Lächeln zu den Augenschatten, die ihr die Nachtschicht beschert hatte, dann zu ihren viel zu blond gefärbten Haaren. Schließlich blieb mein Blick an dem Ring hängen, den sie immer trug.

Sie hatte mir mal erzählt, dass er von meinem Vater stammte. Er war ein Geschenk zu ihrem ersten Jahrestag und sie hatte ihn nie abgenommen. Auch nicht, als mein Vater sie mit einem Kleinkind und nichts sonst auf der Welt sitzenließ.

„Ein Kerl", beantwortete ich ihre Frage grimmig.

Sie folgte meinem Blick und fuhr überrascht mit

dem Finger über den kleinen blauen Stein, der in dem Ring eingelassen war. „Du meinst deinen Vater?“

„Und auch den Typen danach … und den danach. Eigentlich alle. Aber ja, vor allem meinen Vater. Er war es schließlich, der deine Zukunft zerstört hat. Wenn du nicht auf ihn hereingefallen wärst, hättest du deine Ausbildung nicht abbrechen müssen, um dich mit mir herumzuschlagen.“

Einen Moment lang blickte sie von mir zum Ring und wieder zurück. Dann seufzte sie. „Weißt du, warum ich diesen Ring behalten habe, Caro?“

„Weil er dich an ihn erinnert?“, riet ich. Gefragt hatte ich sie nie. Mein Vater war ein Thema, das ich lieber vermied.

Meine Mutter lächelte. „Vielleicht ein kleines bisschen. Aber dieser Tag damals war für deinen Vater und mich nicht nur deshalb wichtig, weil wir ein Jahr zusammen waren. Er hat mir so viel bedeutet, weil ich erfahren habe, dass ich schwanger bin.“

Verwirrt versuchte ich zu verstehen, warum das ein Grund war, den Ring zu behalten. „Aber das muss doch schrecklich gewesen sein. So jung schwanger zu werden. Warum möchtest du dich daran erinnern?"

Plötzlich sah sie furchtbar traurig aus. „Ach Caro, du bist noch so jung. Aber irgendwann wirst du das bestimmt verstehen. Für mich hat an diesem Tag ein neues Leben angefangen. Bereue ich es, dass ich die Ausbildung abbrechen musste? Auf jeden Fall. Aber bereue ich es, mit dir schwanger geworden zu sein? Nicht einen einzigen Moment in all den Jahren."

Ihre Hand strich sanft über meine Wange und ich griff danach. „Selbst wenn das wahr ist, muss *ich* das nicht auch haben, also, ein Kind. Zumindest nicht schon jetzt", sagte ich.

„Manchmal bist du wirklich süß." Lächelnd stieg sie aus dem Auto.

Und während wir gemeinsam die Auffahrt entlanggingen, sagte sie noch: „Nur weil ich so einige Fehler gemacht habe, heißt das noch lange nicht, dass jede Beziehung in einer ungeplanten Schwangerschaft mit abgebrochener Ausbildung endet."

Ich wollte ihr antworten, aber dann sah ich, dass auf den Stufen vor unserem Haus jemand auf mich wartete.

KAPITEL 11

„Hallo“, sagte Mariella.
Meine Mutter schenkte mir ein kleines Lächeln und verschwand dann im Haus. Ich dagegen blieb etwas unsicher stehen.
Der Ärger auf sie war durch das Gespräch mit meiner Mutter irgendwie verpufft. Darum versuchte ich eine Entschuldigung über die Lippen zu bringen. Aber jedes Mal, wenn ich ansetzte, wusste ich plötzlich nicht mehr, was ich sagen sollte.
„Es tut mir leid“, sagte schließlich Mariella.
„Das war mein Text“, entgegnete ich und spürte, wie Erleichterung in mir hochstieg. „Ich habe mich mies verhalten und du entschuldigst dich bei mir.“ Meine Mundwinkel zuckten nach oben und ich lächelte vorsichtig. „Immer musst du mich übertrumpfen, oder?“
„Tja, so bin ich eben.“ Sie seufzte und klopfte dann auffordernd auf die Stufe. „Ich weiß, dass

ich manchmal ziemlich … überwältigend sein kann."
„Und so bescheiden", sagte ich trocken und setzte mich neben sie.
„Ich hab das nicht als etwas Positives gemeint. Wenn ich meinen Willen nicht bekomme, lasse ich viel zu selten locker. Ich müsste öfter mal einfach nachgeben. Daran sollte ich arbeiten."
Um sie nicht ansehen zu müssen, begann ich mit meinen Schnürsenkeln herumzuspielen.
„Manchmal tut es mir ganz gut, wenn du mich ein bisschen herausforderst."
„Aber manchmal auch nicht", sagte Mariella bestimmt.
„Es ist nur so, dass ich mit Arbeiten wirklich ein Problem habe. Ich muss mich richtig gut darauf vorbereiten, um mich sicher zu fühlen."
Ich sah jetzt doch auf und bemerkte, dass Mariella ebenfalls mit ihren Schuhen herumspielte. Sie öffnete und schloss die kleine Schleife an ihrem Stiefel.
„Andererseits bist du mir sehr wichtig", machte ich weiter. „Es fällt mir deshalb oft schwer, dir gegenüber Nein zu sagen. Vor allem weil es ja nicht so ist, also würde mir das Lernen besonders großen Spaß machen."

Ich verzog das Gesicht und wir mussten beide kichern.
„Also alles wieder okay?", fragte Mariella schließlich und sah mich abwartend an.
Ich nickte nur. Dann fragte ich: „Wie läuft es mit Mark und den Video-Vorbereitungen?"
Mariella seufzte. „Bisher konnten wir uns nicht wirklich einigen. Darum wird Mark das Video jetzt mit Sabrina machen."
„Bitte was?" Mit gespielt finsterem Blick krempelte ich die Ärmel hoch. „Ich glaube, dem muss ich mal einen Besuch abstatten."
Mariella grinste. „*Ich* habe das vorgeschlagen, Caro. Dafür werden er und ich zusammen ein Video drehen, in dem es um Stereotypen bei YouTube geht. Und warum es einem manchmal schwerfällt, sich davon zu lösen."
„Also kann ich meine Fäuste wieder einpacken?"
„Auf jeden Fall." Mariella sah mich nachdenklich an, als wäre sie sich nicht sicher, wie sie weitermachen sollte. Aber dann sagte sie: „Er hat mir erzählt, dass Felix sich weigert mit ihm über dich zu sprechen."
„Oh", machte ich und versuchte zu scherzen. „Das ist ja blöd für dich, wo du von Mark doch alle deine Infos bekommst."

Aber Mariella lachte nicht. Vermutlich spürte sie, dass ich das Ganze selbst nicht besonders lustig fand.

„Mensch, Caro. Wenn wir nicht gerade darüber gesprochen hätten, dass ich dich nicht ständig über Grenzen schubsen sollte, dann würde ich dir jetzt in den Hintern treten. Stattdessen sage ich dir Folgendes: Du magst Felix viel mehr, als du zugibst. Aber du bist so ein Schisser, dass du Angst vor deinen eigenen Gefühlen hast."

Ich schwieg, weil ich keine Ahnung hatte, was ich darauf antworten sollte. Natürlich hatte Mariella meine Gefühlswelt in zwei Sätzen auf den Punkt gebracht.

„Du hast es selbst gesagt, Caro: Wenn es um Beziehungen geht, dann ist es wichtig, niemals aufzugeben. Ich weiß, dass du es anders gemeint hast. Aber das heißt nicht, dass es falsch ist. Wenn man jedes Mal aufgibt, nur weil es ein bisschen schwierig wird, dann kann man das mit der Liebe echt vergessen."

„Vielleicht hast du ja Recht. Ich hätte nur nie gedacht, dass ich mich mal so Herz über Kopf in jemanden verknalle."

„Herz über Kopf?" Mariella runzelte verwirrt die Stirn.

„Das passt irgendwie besser, weil mein Herz definitiv an der Sache beteiligt war."
Mariella lachte. „Dann mach daraus am besten Herz über Klick. Lass dein Herz entscheiden und nicht irgendwelche YouTube-Videos oder Facebook-Kommentare."
„Aber … ich habe wirklich Angst."
Mariella seufzte. „Man bekommt nichts Wichtiges im Leben, ohne über seinen Schatten zu springen."

Mariella blieb an diesem Tag nicht der einzige Überraschungsbesuch.
Wir saßen in meinem Zimmer vor dem Fernseher, als es klingelte. Wenig später klopfte jemand an meiner Zimmertür.
„Caroline? Hier ist Besuch für dich."
Hastig setzte ich mich auf, in der Erwartung – oder eher Hoffnung –, dass es Felix wäre.
Aber als sich die Tür öffnete, stand da ein Mädchen. Sie hatte tiefdunkles Haar und geschwungene Brauen, die ihre hübschen Augen umrahmten. Ich schätzte sie ein oder zwei Jahre älter als uns.
„Hallo", sagte sie mit heller, klarer Stimme und ließ den Blick durch mein Zimmer schweifen.

Dann setzte sie sich einfach auf meinen Schreibtischstuhl.

Mariella und ich starrten sie vom Bett aus mit offenem Mund an.

„Hallo“, brachte ich schließlich heraus.

Sie musterte mich einen Moment lang ernst, bevor sie zu Mariella hinübersah.

Die schien ihren Schock überwunden zu haben. Ich hingegen versuchte noch immer zu begreifen, dass mir Felix' Exfreundin Doreen gegenübersaß.

„Was machst du hier?“, fragte Mariella misstrauisch. „Willst du Caro sagen, dass sie sich von Felix fernhalten soll oder irgend so einen Unsinn?“

Doreen hob eine Augenbraue. „Ich hab das Gefühl, das macht Caro schon von ganz allein.“

Ich setzte zu einer Antwort an, aber Mariella war schneller.

Egal was sie vor ein paar Tagen noch über Doreen gesagt hatte, ihre nächsten Worte klangen doch so, als würde sie sie hassen:

„Du hast vielleicht Nerven, hier aufzutauchen, anstatt dich endlich zu der Sache zu äußern. Du hättest mit ein paar Sätzen alles klarstellen können. Dann würde Felix jetzt nicht dastehen wie ein Idiot, der dich betrogen hat.“

Mariella verschränkte die Arme und hob die Augenbraue, genau wie Doreen.

Bestimmt hätte ich das Ganze lustig gefunden, wenn ich nicht so geschockt gewesen wäre.

„Warum bist du hier?“, fragte ich schnell, bevor eine der beiden weitergiften konnte.

„Um dich zu überreden, Felix eine Chance zu geben.“

Mariella schnaubte ungläubig. „Was ist passiert? Ist dir das Mitleid deiner Fans doch zu viel geworden? Oder hast du Angst, andere YouTuber könnten denken, du lässt das alles mit Absicht hochschaukeln, um mehr Aufmerksamkeit zu bekommen?“

Doreen funkelte sie wütend an. „Was willst du von mir? Habe ich dir irgendwas getan?“

„Der Lidschatten!“

„Nicht der Lidschatten“, murmelte ich frustriert. Wenn Mariella mit dieser Diskussion anfing, würde ich nie herausfinden, was genau Doreen gemeint hatte.

„Nicht das schon wieder“, sagte jetzt auch Doreen. „Wo ist denn das Problem, wenn ich mit einer Kosmetikfirma gemeinsam Lidschatten entwerfe?“

„Das Problem ist, dass der Lidschatten komplett

überteuert ist. Und dass du total viele Mädchen dazu gebracht hast, ihr Taschengeld zum Fenster rauszuwerfen."

„Hey, der Lidschatten ist super, ja?! Zum Fenster rausgeworfen ist da schon mal gar –"

„Könntet ihr diese Unterhaltung vielleicht weiterführen, nachdem du mir gesagt hast, warum ich Felix eine Chance geben soll?", unterbrach ich Doreen. „Danach könnt ihr so viel diskutieren, wie ihr wollt."

Endlich wandte Doreen den Blick von Mariella ab. „Felix wollte den Fans schon vor Wochen von unserer Trennung erzählen, aber ich hab das hinausgezögert. Wenn jemand Schuld an dem Schlamassel hat, dann bin das ich."

„Und warum *hast* du nichts gesagt? Weil du deine Fans nicht verlieren wolltest?"

„Nein!", protestierte Doreen. „Wer meinen Kanal nur wegen Felix abonniert hat, der kann gerne gehen."

Sie holte tief Luft und mied Mariellas Blick, als sie die nächsten Worte sagte. „Es liegt einfach daran, dass YouTube etwas ist, was ich immer mit ihm geteilt habe. Felix ist von Anfang an dabei gewesen. Auch wenn er nur ab und an mal zu sehen war, hat er mich immer bei allem unterstützt. Ich hatte einfach Angst, plötzlich alleine dazustehen."

Mariella setzte zu einer Antwort an, die mit Sicherheit wieder patzig ausgefallen wäre.

Aber dieses Mal kam ich ihr zuvor. „Und was ist jetzt anders? Hat er dich hergeschickt?"

Eigentlich hatte ich mich in Sachen Felix schon entschieden, aber jetzt wurde ich wieder unsicher. Wenn er Doreen wirklich vorgeschickt hatte, dann wäre das furchtbar.

„Nein!" Doreen verdrehte die Augen. „Der würde mich umbringen, wenn er wüsste, dass ich hier bin. Er ist sowieso furchtbar wütend auf mich, auch wenn er das nicht zugibt. Und er hat jedes Recht dazu. Ich wollte seine Unterstützung, was YouTube anging, nicht verlieren. Aber lieber das, als ihn als Freund zu verlieren."

Ich spürte, wie Erleichterung mich durchströmte.

Felix hatte Doreen nicht auf mich angesetzt. Er hatte meine Entscheidung, ihn nicht mehr sehen zu wollen, respektiert. Das bedeutete mir mehr als jede große Geste, die er sich hätte ausdenken können.

Doch Doreen war noch nicht fertig. „Felix ist

echt ein guter Freund. Er ist ehrlich und loyal und total lieb. Wenn man ihn um etwas bittet, dann macht er es. Und du musst mir einfach glauben, dass –“ Sie unterbrach sich verwundert, als ich aufsprang, meine Tasche schnappte und die Zimmertür aufzog. „Hey! Wenn du mir nicht glaubst, dann bist du selbst schuld, weil –“

„Ich gehe zu ihm.“

„Zu wem?“, fragte Doreen verwirrt.

„Zu Felix natürlich!“, antwortete Mariella an meiner Stelle.

„Oh bitte! Sei jetzt nicht sauer auf ihn!“, rief Doreen sofort.

„Du hohle Nuss!“ Mariella lächelte Doreen kopfschüttelnd an. „Natürlich geht sie nicht hin, um sich mit ihm zu streiten.“

„Warum dann?“ Doreen hob jetzt beide Augenbrauen. Sie schien die Situation noch immer nicht begriffen zu haben.

Mariella verdrehte die Augen, aber ich grinste. Und dann sagte ich: „Um über meinen Schatten zu springen.“

KAPITEL 12

Ich stand über zehn Minuten vor Felix' Haustür, bevor ich den Mut fasste, endlich zu klingeln. Noch während ich drückte, wünschte ich mir fast, dass er nicht zu Hause wäre. Denn dann könnte ich diese Sache, auf die ich mich zwar freute, vor der ich allerdings auch eine Heidenangst hatte, einfach verschieben.

Aber mein Wunsch ging nicht in Erfüllung. Die Tür öffnete sich und Felix sah mich überrascht an. Seine dunklen Haare standen ausnahmsweise mal nicht ab.

„Caro?", fragte er besorgt. „Ist alles in Ordnung?"

„Nein", erwiderte ich. „Nichts ist in Ordnung."

Nach diesem Satz wusste ich nicht so recht weiter. Also hielt ich ihm die Packung entgegen, die ich auf dem Weg hierher gekauft hatte.

„Butterkekse?", fragte er erstaunt. „Kann es sein, dass du etwas … verwirrt bist?"

„Eigentlich bin ich gerade ziemlich klar im Kopf. Verwirrt trifft es allerdings auch ganz gut. Mein Gehirn ist nämlich Matsche."
Ich merkte, dass das keinen Sinn ergab. Deshalb fügte ich noch hinzu: „Also, ich weiß jetzt, was ich will."
„Das ist doch schon mal gut", sagte Felix und seine Mundwinkel wanderten ein klitzekleines bisschen nach oben.
Das gab mir Hoffnung, deshalb redete ich weiter. „Ich will auch, dass wir uns weiter sehen. Du hattest Recht, als du gesagt hast, dass das mit uns etwas richtig Gutes sein könnte."
Ich holte tief Luft und zwang mich, ihm in die Augen zu sehen. „Ich mag dich, Felix. Sehr. Und ich wäre der glücklichste Mensch der Welt, wenn du mit mir ausgehen würdest."
Felix blieb eine Weile stumm. Dann sagte er: „Woher kommt denn der plötzliche Sinneswandel? Was ist damit, dass ich deine Pläne durcheinanderbringe? Und woher weiß ich, dass du es dir in ein paar Tagen nicht wieder anders überlegst?"
„Das … das weißt du nicht", antwortete ich lahm.
„Und warum hast du Butterkekse mitgebracht?" Er schüttelte die Packung in seiner Hand.

„Für die Stalker-Bewerbung“, erwiderte ich. So langsam wurde mir klar, dass das hier ganz anders lief als geplant.
„Aber ich mag gar keine Butterkekse“, sagte Felix, ohne eine Miene zu verziehen.
„Ich weiß“, murmelte ich. „Es ist nur … so haben wir uns kennengelernt und ich dachte …“
Ich ließ den Satz ausklingen, weil er mich weiter anstarrte. Plötzlich wollte ich nur noch weg.
„Ich bin eine bescheuerte Idiotin“, sprach ich meinen Gedanken laut aus.
„Aber eine sehr süße“, erwiderte Felix.
Mein Herz machte einen kleinen Hüpfer. Als ich zu ihm aufsah, hatte sich ein breites Grinsen auf sein Gesicht gestohlen.
Er trat nach draußen und schloss die Tür hinter sich. Dann nahm er meine Hand und zog mich mit in den Vorgarten.
Wir setzten uns auf eine kleine Bank unter einem Apfelbaum und schwiegen eine Weile.
„Du hast mir noch nicht gesagt, warum du es dir anders überlegt hast“, sagte Felix schließlich.
„Doreen“, erwiderte ich.
Felix' Augen wurden plötzlich ganz schmal.
„Doreen hat mit dir gesprochen?“
„Sie war vorhin bei mir. Wollte mich davon

überzeugen, was für ein toller Kerl du bist. Und dass ich dir noch eine Chance geben soll."
„Und du hast einfach so auf sie gehört?", fragte Felix. Er sah fast ein wenig enttäuscht aus.
Ich musste lachen. „Natürlich nicht!"
„Also denkst du nicht, dass ich ein toller Kerl bin?"
„Doch, aber das wusste ich von Anfang an."
Felix runzelte die Stirn. Gleichzeitig verschränkte er jedoch seine Finger mit meinen. „Was hat dich dann überzeugt?"
„Doreen hat Mariella und mir erzählt, dass sie Angst hatte, dich zu verlieren, weil du ein so wichtiger Teil von ihrem YouTube-Leben warst. Sie wusste nicht, wie es sein würde, ohne dich weiterzumachen."
Ich holte tief Luft, bevor ich weitersprach. „Da ist mir klar geworden, dass du sie nicht von ihren Träumen abgehalten hast. Im Gegenteil, du hast ihr dabei geholfen, ihre Pläne umzusetzen."
„Hast du etwas anderes erwartet?"
„Nein. Aber ich habe immer gedacht, dass ich mich selbst ausbremse, wenn ich jemanden wie dich in mein Leben lasse." Ich schüttelte den Kopf. „Jetzt weiß ich, dass das nicht so sein muss."

„Nein?“, fragte Felix mit halbem Lächeln.
„Nein“, wiederholte ich.
Er beugte sich ein wenig vor und ich dachte, dass er mich küssen würde. Stattdessen sagte er:
„Habe ich das eben richtig verstanden: Mariella war bei dir, als Doreen vorbeigekommen ist?“
„Ja“, bestätigte ich verwundert. „Warum?“
„Na, dann bin ich ja froh, dass du es heil und ohne Blutvergießen zu mir geschafft hast. Die zwei haben sich bestimmt gegenseitig die Augen ausgekratzt.“
Lachend schlug ich ihm auf die Schulter. Er zwinkerte nur, dann legte er den Arm um mich und zog mich an sich.
Da spürte ich ein warmes Gefühl in der Region, wo mein Herz saß. Und was ich noch vor einer Woche niemals geglaubt hätte, war plötzlich wahr: Ich hatte mich ein kleines bisschen verliebt – und zwar Herz über Klick.

Wie Bonnie und Clyde

Cornelia Franz
Egal, was morgen ist
112 Seiten
Taschenbuch
ISBN 978-3-551-31354-6

Wer ist dieser fremde Junge, der Jamila eines Abends das Fahrrad stiehlt? Jamila weiß nichts über John, außer, dass er auf der Flucht zu sein scheint und dass sie sich in seiner Nähe unglaublich wohl fühlt. Deshalb begleitet sie ihn auf einem nicht enden wollenden Streifzug durch die Stadt. Eine gefährliche Nacht wartet auf sie, deren Ausgang ungewiss ist. Doch für Jamila ist klar: Sie wird zu John halten, ganz egal, was morgen ist!

www.carlsen.de

CARLSEN